DEC 1 4 2007

D1096995

Tony Ámbar

Fantasmas

Cuentos para que no descanses en paz

SELECTOR
actualidad editorial

SELECTOR®
actualidad editorial
Doctor Erazo 120 Colonia Doctores México 06720, D.F.
Tel. (52 55) 51 34 05 70 Fax. (52 55) 57 61 57 16

FANTASMAS -CUENTOS PARA QUE NO DESCANSES EN PAZ-
Autor: Tony Ámbar
Colección: Literatura juvenil

Diseño de portada: Blanca Cecilia Macedo

D.R. © Selector, S.A. de C.V., 2007
        Doctor Erazo, 120, Col. Doctores
        C.P. 06720, México, D.F.

ISBN 10: 970-643-957-9
ISBN 13: 978-970-643-957-4

Primera edición: febrero de 2007

Sistema de clasificación Melvil Dewey

868M
A1
2007

Ámbar, Tony.
*Fantasmas -Cuentos para que no descanses en
paz- /* Tony Ámbar.--
Cd. de México, México: Selector, 2007.
104 p.
ISBN 10: 970-643-957-9
ISBN 13: 978-970-643-957-4

1. Terror. 2. Literatura Juvenil

Fantasmas -Cuentos para que no descanses en paz-
Tipografía: *Alógrafo - Ángela Trujano*
Interiores: *Abitivi de 75 g*
Portada: *Cartulina sulfatada de 12 pts.*
Encuadernación: *Rústica*
Tintas, barnices y pegamentos: *Liber Arts S.A. de C.V.*
Negativos de portada: *Promografic*
Negativos de interiores: *Daniel Bañuelos*
Impresión de portada: *Impreimagen.*
Esta edición se imprimió en febrero de 2007,
en *Impreimagen, José María Morelos y Pavón, Manzana 5, lote 1,
Col. Nicolás Bravo, Ecatepec, Estado de México.*

Características tipográficas aseguradas conforme a la ley.
Prohibida la reproducción parcial o total de la obra
sin autorización de los editores.
Impreso y encuadernado en México.
Printed and bound in México

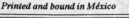

Índice

El hijo del chamán

7

Aunque la temperatura era elevada, en el interior del automóvil que conducía Jesse Barton, el aire acondicionado le proporcionaba una atmósfera muy agradable al aproximarse a San Antonio, Texas, cuando el cielo se pintaba de bellos colores amarillos y rojos, propios de esos atardeceres calurosos.

En el asiento delantero, junto a él, una toga y un birrete, así como un pergamino enrollado, le recordaban los momentos que acababa de vivir en Bryan, sitio donde se encuentra la Universidad Texas A & M, en donde apenas dos horas antes había recibido su diploma de doctor en medicina.

Ahora se acercaba cada vez más a su casa, en donde sus padres lo esperaban con enorme emoción. Ninguno de los dos había podido asistir a la ceremonia de graduación porque Sally Barton, su madre, estaba enferma y su padre, Mark, había decidido quedarse a cuidarla. Por supuesto, Jesse estuvo de acuerdo, aunque no dejaba de pensar que quizá él había sido el único graduado que no fue acompañado por algún miembro de su familia en tan solemne acto.

Desde luego, él hubiera deseado que sus padres estuvieran presentes, pero la emoción de llegar a la culminación de una carrera llena de triunfos lo había mantenido animado y contento.

Ahora, mientras conducía su automóvil, conforme se aproximaba a su casa sentía que su corazón latía con intensidad.

Poco antes había pasado por el pintoresco pueblo de San Marcos, en donde tenía muchos amigos, pero, ensimismado en sus pensamientos e imaginándose el momento en que le entregaría su diploma a su padre, ni siquiera se dio cuenta de que lo dejaba atrás.

El tránsito era cada vez más intenso después de pasar bajo el enorme puente en donde había un letrero que indicaba que a la izquierda se encontraba la base aérea Shepard, en donde Mark Barton prestaba sus servicios en las oficinas, con grado de capitán, obtenido durante su servicio en las fuerzas armadas.

Él sabía perfectamente que había sido adoptado por Mark y Rally, lo que no le impedía quererlos como si fueran sus verdaderos padres, pues ambos habían sido siempre extraordinarios, lo habían llenado de afecto y, por supuesto, proporcionado todos los medios para que estudiara y se convirtiera en todo un profesional.

—Seguro —pensaba—, ellos estarán orgullosos de mí ahora que, por fin, he cumplido mi objetivo.

Jesse comenzaba ya a sumergirse en el tráfico intenso de la bella ciudad texana, cuando el corazón le dio un vuelco al encontrarse de pronto en el entronque de la carretera 35, por la que circulaba, y el *loop* 410, que rodea a toda la ciudad. Aunque eran muy frecuentes sus viajes a casa, todo era diferente y especial esta vez.

—De aquí a casa sólo me separan unos diez minutos —pensó, emocionado.

Concentrado en su manejo, tomó la 410 a la derecha y, al pasar el aeropuerto internacional, salió a la derecha para tomar la avenida San Pedro y dirigirse a casa.

Mucho más pronto de lo que pensaba, se encontraba ya frente a ella, una casa típica del sur de los Estados Unidos, rodeada de verdes jardines.

Por un momento permaneció dentro de su automóvil y observó, sin poder evitar que a su cerebro acudieran toda clase de imágenes, muchas de las cuales lo desconcertaban sobremanera.

Hacía ya muchos años que, de vez en cuando y sin previo aviso, sufría de unas ligeras y fugaces alucinaciones, como él las juzgaba, en las que se veía a sí mismo huyendo de algo o de alguien.

En ocasiones, estas visiones eran apenas perceptibles para él, pero otras veces se presentaban en forma por demás vívida.

Jesse deducía que esas cosas tenían que ver con su pasado, que desconocía por completo, y que Mark Barton se había negado en rotundo a revelarle.

Jesse deseaba con todas sus fuerzas saber en realidad quién era, de dónde procedía, quiénes eran sus padres; en fin, deseaba saber todo lo referente a sus raíces. Sin saber con exactitud por qué, sentía que, cuando le entregara su diploma a Mark, la revelación se produciría.

De pronto, Jesse volvió por completo a la realidad al escuchar el ladrido de *Whiskey*, su *french poodle* blanco.

Sonriente, bajó de su automóvil y se encaminó a la casa. Ya frente a la puerta, hizo girar la cerradura con su llave y se encontró con Mark, que venía hacia él con el rostro encendido de felicidad. En la sala, Sally estaba en un sillón con las piernas cubiertas por una cobija a cuadros.

El recibimiento resultó por demás emocionante, aunque le dolió un poco ver a Sally, que hacía enormes esfuerzos por sonreír, pero en quien se adivinaba el dolor que la tenía postrada.

—Jesse, muchacho de mi vida —dijo Mark—, no sabes cuánto he anhelado este momento. Quiero que nos disculpes, tú sabes que...

—No digas nada, papá —contestó Jesse—. Sólo me preocupa mamá.

Jesse aceptó el abrazo de su padre. Luego se dirigió al sillón y se arrodilló junto a Sally.

—Aquí tienes, mamá —le dijo, mientras le entregaba su diploma—. Esto se los debo a los dos por igual.

—Dios te bendiga, hijo, lo lograste, ya eres todo un médico, harás el bien a mucha gente como siempre fueron tus deseos. Como podrás ver, yo seré tu primera paciente.

—Te pondrás bien —dijo Jesse y trató de evitar que las lágrimas lo traicionaran.

De pronto, ambos voltearon hacia donde estaba Mark al escuchar el inconfundible sonido de una botella de champaña al ser descorchada.

Su padre tomó tres copas en una mano y la botella en la otra y, mientras se acercaba a ambos, les dijo:

—Ustedes son lo que más amo en este mundo; quiero que brindemos por la enorme felicidad que siento en estos momentos. Éste es el brindis más importante de toda mi vida.

Enseguida, Mark sirvió las copas y los tres las levantaron al mismo tiempo en un rito lleno de significado.

Después de una larga velada en la que comentaron las incidencias de la ceremonia de graduación, Sally se retiró, escoltada por Jesse.

Al regresar a la sala, le dijo a su padre que él haría todo lo que estuviera de su parte para que su mamá se aliviara pronto.

—Estoy seguro de que así será, hijo —dijo Mark, con un gesto en el que Jesse adivinó que algo importante le iba a comentar, además de lo relativo a la enfermedad de su madre.

Mark lo condujo a la pequeña biblioteca de la casa y cerró la puerta por dentro. Jesse estaba seguro de que había llegado el momento que tanto había esperado.

Su padre se sentó frente a él y, después de apoyar las dos manos sobre sus rodillas, comenzó a hablar al tiempo que pensaba con cuidado las palabras que salían de sus labios temblorosos.

—Jesse —le dijo—, te voy a decir lo que has esperado tantos años; como comprenderás, te lo digo ahora que ya eres todo un profesionista porque hice un juramento y...

—Ya puedes hablar ahora —dijo Jesse.

—Así es —contestó Mark e hizo una breve pausa—. Hace muchos años, tú llegaste a la granja de mi padre en Cheyenne, en el estado de Wyoming, junto con cinco trabajadores agrícolas. En aquellos tiempos no había tantos medios de comunicación como ahora; los indocumentados eran muy pocos y casi pasaban inadvertidos. Me llamó mucho la atención que con ellos llegara también un pequeño de unos cuatro años, que eras tú. Nos encariñamos contigo de inmediato y nos hacía gracia enorme ver el esfuerzo que hacías para entendernos, pues no hablabas nuestro idioma. Luego supimos que uno de los trabajadores, procedente de la Huasteca, no tuvo más remedio que cargar contigo, pues un hombre quería matarte y te persiguió machete en mano justo cuando el grupo de braceros abordaba un camión de carga para venir a Estados Unidos. El hombre deseaba matarte porque estaba celoso de tu madre, a la que quería para él por las buenas o por las malas; ese hombre tuvo que ausentarse por un tiempo del pueblo donde vivían y tu mamá, libre por fin de su asedio, se casó con tu padre. El odio de este hombre no tenía límites y mucho menos en relación con tu padre, pues tiempo atrás había tenido un enfrentamiento con él cuando defendía a un pobre campesino a quien querían despojar de sus tierras. A tu padre lo apreciaban todos y mucha gente, incluso de la capital del país, iba a donde él para consultarlo.

—¿Era médico? —dijo Jesse, sorprendido.

—No precisamente... era una especie de curandero que utilizaba elementos desconocidos por los hombres de ciencia para atender a sus amigos. Algo así como un brujo o, mejor dicho, un chamán, como en realidad le decían.

Jesse abrió los ojos desmesuradamente, muy sorprendido por las palabras de Mark.

—Yo hice algunas averiguaciones —dijo su padre—. Me enteré de que un chamán es un hombre diferente a los demás, con enormes poderes que le permiten ver lo que otros no ven, con conocimientos muy profundos de herbolaria, una muy peculiar psicología y siempre dispuestos a hacer el bien. En tu pueblo había brujos pero, por desgracia, también los había para hacer maldades. Tengo entendido que tu padre combatió y derrotó a uno de ellos que trabajaba para su enemigo.

—Comprendo —dijo Jesse .

—Tú te quedaste con nosotros, creciste y aprendiste nuestra lengua a la perfección, tanto que ahora no hablas español.

Jesse meditó un poco y enseguida se atrevió a decir:

—¿Y cuál es ese juramento del que me hablaste?

—El hombre que te trajo —dijo Mark— me contó todo lo que te he platicado y me advirtió que tú podrías heredar algunos de los poderes de tu señor padre y ser... ¡un chamán! Él me hizo jurar que sólo te revelaría la verdad cuando fueras adulto y lo entendieras y que, además, sólo que te dedicaras a hacer el bien a tus semejantes. ¡Ahora eres un médico!, ¿comprendes? ¡Yo he cumplido con mi parte y estoy seguro de que tú cumplirás con la tuya!

Jesse sonrió y se recargó en el sillón en una actitud relajada. Después, dijo:

—Siempre supe que no era hijo de ustedes, que era adoptado y que me dieron su apellido, me cuidaron, me dieron escuela y logré, gracias a ustedes, hacer una carrera. Lo más importante es que también me dieron amor y se portaron como verdaderos padres para mí, que es algo que nunca podré pagarles.

Jesse suspiró profundo y luego volvió a preguntar:

—¿Y mi madre? No me has dicho nada de ella.

—Poco tiempo después, cuando los trabajadores regresaron a su lugar de origen, recibí una carta en la que me informaban que había fallecido y que tu padre había abandonado el pueblo. Desde entonces no he vuelto a saber nada en absoluto.

Jesse dijo en voz baja:

—¡Un chamán!

Enseguida, se puso de pie y comenzó a caminar por la salita con las manos en los bolsillos y actitud pensativa. Luego, dijo de súbito:

—Bien... no me sorprende nada, salvo el hecho de que mi padre haya podido ser un... hechicero o brujo o chamán, como tú dices. A propósito, ¿cómo se llama?

—Juan —dijo Mark—, pero no conozco su apellido.

Jesse iba a decir algo pero, en ese momento, el impertinente timbre del teléfono lo sacó de concentración.

Mark tomó la bocina y su rostro severo cambió ligeramente.

—¡Hola! —dijo—. Sí, ya está aquí... nos trajo su diploma; nuestro muchacho ya está convertido en todo un médico, ¿no te parece fabuloso?

Aunque el joven médico sabía bien que se trataba de Vicky, no hizo el menor intento por tomar la bocina, seguro de que ella estaría en pocos minutos ahí, pues su casa estaba a sólo unos cuantos metros de la de sus padres.

—Viene para acá —dijo Mark—. ¿No tienes ganas de verla?

—Pues... no lo niego. Como siempre les he dado gusto a ustedes, me he hecho a la idea de que ella, algún día, puede llegar a ser mi mujer. El solo hecho de ser hija de tus mejores amigos y de tenerla tan cerca la califica en automático para el puesto —dijo Jesse y sonrió.

—No me digas que te desagrada.

—Por supuesto que no, es el tipo de mujer que cualquier hombre desearía, aunque... a veces... bueno... ¡eso no importa!

Vicky se presentó justo dos minutos después.

La chica entró como tromba y dejó tras de sí un rastro de su inconfundible perfume. Sin más trámite, se lanzó al cuello de Jesse y sus labios buscaron afanosos los de su novio.

El viejo Mark salió de la biblioteca sin que ellos se dieran cuenta para dejarlos solos. Su sonrisa reflejaba su pensamiento, seguro de que la chica era perfecta para él.

Jesse correspondió a las caricias de Vicky con creces. Los instantes se convirtieron en minutos sin que la pareja diera señales de dar por terminado ese beso de encuentro.

Vicky tomó aliento y dijo:

—Eres adorable. Te amo con todas mis fuerzas. Me sentía alterada y nerviosa mientras te esperaba, he tenido que hacer un trabajo importantísimo para la empresa y créeme... lamento mucho no haber estado contigo.

Enseguida volvió a acercar su cuerpo a Jesse y utilizó todas las armas de que dispone una mujer hermosa para seducir a quien ella quiera, en especial al hombre con quien pensaba contraer matrimonio.

Vicky le entregó al joven médico una bolsita de tela negra.

—¿Qué es? —preguntó Jesse, intrigado.

—¡Un diamante! No tiene montadura, para que tú le hagas la pieza que te guste; es sólo un recuerdo de este día tan especial para todos.

Con el pretexto de verlo bien, Jesse se retiró un poco de Vicky, con una terrible angustia que comenzó a hacerse presente tan pronto ella se le colgó del cuello.

Jesse sentía algo indefinible, pero que lo obligaba a dudar de la sinceridad del cariño de Vicky. No tenía ningún motivo, sólo una especie de instinto que le gritaba desde su interior.

La voz de Vicky parecía llegarle un tanto apagada mientras se producía esa sensación y luego, de pronto, todo volvió a la normalidad y pudo ver el rostro encendido de la chica que le preguntaba algo referente a la ceremonia.

Jesse no quiso hablar mucho de eso y, en cambio, se sentó lejos de ella, con el pretexto, según dijo, de verla mejor, completa, para él solo. Vicky sintió la mirada penetrante de su novio y hasta se estremeció un poco.

En ese momento, el joven comenzó a percibir otra vez la sensación tan extraña. Parecía no escuchar nada. Por primera vez en su vida se dio cuenta de que podía ver extraños fulgores, de diferentes tonalidades, que parecían envolver por completo el rostro y el cuerpo de Vicky.

Ella le comentaba una serie de cosas relacionadas con su trabajo pero él no la escuchaba, absorto como estaba en su extraña sensación.

En muchas ocasiones, el joven profesionista había oído hablar del aura de las personas, pero jamás se imaginó que algún día pudiera participar de este fenómeno.

De pronto, le vinieron a la mente algunas escenas que, de momento, no parecían tener relación alguna. Luego, como fugaces relámpagos, éstas comenzaron a presentarse con mucha vivacidad en su cerebro.

Jesse podía ver claramente a Vicky, pero en brazos de otro hombre, desnuda y con una expresión de intenso placer en el rostro.

La chica mordía sus labios en forma sensual mientras permitía que su acompañante la acariciara de pies a cabeza.

De pronto, ella dejó de hablar y, algo desconcertada, preguntó:

—¿Qué pasa?

—Nada... nada —dijo Jesse quien, a pesar de haber perdido la concentración, todavía podía ver los colores del aura de su novia.

De pronto, Jesse preguntó:

—¿Qué me cuentas de Russ?

Vicky cambió de súbito su semblante, y casi con una mueca en los labios preguntó si se refería a Russ Coleman.

—Por supuesto, ¿quién más?

La chica mintió:

—Lo he visto poco; a pesar de que trabajamos en la misma empresa, sólo lo veo esporádicamente. Siempre me pregunta por ti... nada menos ayer comentamos acerca de nuestro matrimonio... tú sabes que él te aprecia muchísimo y le da gusto saber que pronto seremos marido y mujer.

Mientras Vicky hablaba, Jesse pudo ver cómo una especie de pequeñas nubecillas negras parecían desprenderse de la cabeza de la hermosa mujer, lo que le confirma que estaba mintiendo.

Con un visible intento por sobreponerse a la situación, la muchacha se puso de pie y dijo:

—Bueno... no vamos a hablar de nadie más que de nosotros, de nuestros planes a futuro.

Por su parte, el joven médico sentía gran desasosiego, como si un sentimiento de culpa lo agobiara, y se preguntaba a sí mismo si en efecto había visto todas esas cosas o sólo eran producto de su imaginación y de su evidente cansancio por la tensión nerviosa.

Sin querer, dijo:

—¡Dios santo!

Vicky, sorprendida, lo miró con angustia y dijo, cautelosa:

—¿Qué dices, en qué pensabas?

—No... nada... discúlpame, lo que pasa es que de pronto no recordaba dónde había dejado la carta.

—¿Qué carta?

—Uno de mis maestros me dio una carta para el doctor William Shaft, del Hospital Luterano Saint Luke; quizá podría obtener un puesto ahí.

—¡Sería sensacional! —dijo la chica.

Jesse se dio cuenta de que había un cambio. Ahora todo era como siempre, sus sentidos eran completamente normales, nada extraordinario podía percibir.

Ahora Vicky estaba relajada y tranquila, sin que nada la alterara. Cuando ella se le acercó de nuevo, Jesse se dejó llevar por la corriente mientras pensaba en lo que había sucedido durante todo el día. Trataba de justificar esas extrañas visiones de manera lógica.

Vicky tomó una decisión:

—Mira —dijo— es noche, mañana es sábado y no trabajamos. Duerme tranquilo y como a eso de las nueve vengo por ti para ir a desayunar a ese restaurantito en el río que tanto te gusta.

Jesse le dio un beso en la frente y la acompañó a la puerta, desde donde la vio correr a su casa.

Poco después, ya en su cama, trató de meditar un poco sobre lo ocurrido, pero el sueño lo venció con rapidez.

Al día siguiente, a pesar del cansancio, despertó a la misma hora que acostumbraba en la escuela y, aunque se detuvo un poco a pensar en las experiencias del día anterior, saltó de la cama y se metió a la ducha.

Una hora después, en efecto, compartía el desayuno con Vicky en una mesita con manteles de cuadros, en un pequeño restaurante del andador del río, en el centro de la ciudad de San Antonio.

La sonrisa de Vicky disipaba todos los temores de Jesse, quien, dicho sea de paso, estaba seguro de que todo lo sucedido el día anterior había sido un engendro de su propia imaginación.

Convencido de que en realidad quería a la chica, volteó hacia todos lados para evitar que alguien lo escuchara; luego, con gesto de seriedad, le dijo:

—¿Sabes?, mis viejos quieren que me case contigo, imponerme un matrimonio casi a la fuerza... pero yo tengo mi propia opinión al respecto.

Vicky sintió como si una corriente de agua fría le recorriera la espalda, abrió los hermosos ojos azules y, cuando iba a decir algo, Jesse continuó.

—Mis padres son muy amigos de los tuyos y piensan que sólo por ese hecho vamos a ser muy felices, que hacemos una linda pareja. Pero yo no me voy a casar con alguien sólo porque ellos lo desean; simple y sencillamente me casaré por mi propia voluntad con quien yo ame de verdad y eso es justo lo que quiero decirte. ¡Estoy enamorado de la mujer más linda del planeta y quiero casarme con ella!

Vicky apenas balbuceó:

—Y... ¿se puede saber quién es?

—¡Por supuesto! ¡Eres tú!

La chica tardó algunos momentos en reaccionar; luego, sus manos lo apretaron casi convulsivamente mientras sus ojos se llenaban de lágrimas.

El joven médico sacó entonces un pequeño estuche.

—¿Quieres ser mi esposa? —le dijo, al tiempo que le colocaba un hermoso anillo en el dedo.

La respuesta de Vicky fue inmediata y un beso tierno, mucho más breve de lo que pudiera esperarse, selló el compromiso.

Todo había comenzado cuando Jesse dejó San Antonio para irse a estudiar a Bryan. Russ, a quien, dicho sea de paso, le gustaba mucho Vicky, sintió que el camino se despejaba en el momento mismo en que se enteró de que su amigo y compañero abandonaría la ciudad por algunos años.

Aunque sabía bien que Jesse estaría en contacto con Vicky, con astucia dejó que pasara un tiempo razonable antes de acercarse a ella.

La primera oportunidad se le presentó cuando se enteró que era cumpleaños de la guapa chica. Esperaba que se sintiera algo sola o triste y se presentó en su casa con un pequeño ramo de flores rojas, las preferidas de ella, además de una caja de costosos chocolates importados.

Como si se tratara de algo informal y casual, le dejó sus regalos y se despidió de ella aparentando que sólo se trataba de una visita amistosa.

Vicky estaba, en efecto, bastante triste y hasta un tanto deprimida pues Jesse no la había llamado, ya fuera porque se le había olvidado o porque tenía mucho trabajo en la escuela.

Al día siguiente, Russ le llamó por teléfono para preguntarle si todo estaba bien porque la había visto algo triste el día anterior. Vicky no pudo contener las lágrimas y le contó su desventura por teléfono.

Por supuesto, era lo que Russ esperaba y de inmediato la invitó esa tarde a tomar un pastelillo y café en un simpático restaurante, en uno de esos enormes centros comerciales.

Durante un par de horas, ambos rieron y charlaron de cosas intrascendentes, hasta que Russ sugirió llevarla a su casa. Su actitud siempre dio a entender que la consideraba novia de Jesse y que él sólo era un buen amigo. Caminaron a lo largo del pasillo del centro comercial hacia la salida justo cuando estaban a punto de cerrar. Russ la tomó por el hombro y sintió el suave cuerpo de Vicky, cuerpo que estaba más que deseoso de explorar palmo a palmo. Vicky tampoco pudo evitar sentir algo diferente por la forma como Russ la abrazaba, pero no dijo nada y continuó hablando de lo triste que estaba.

Durante los siguientes días, Russ, muy hábil, sólo la llamó por teléfono, siempre con conversaciones breves, pero en las que poco a poco incorporaba algunas palabras amorosas.

—Mi pequeña —le decía— es increíble, pero siento la necesidad de platicar un poco contigo, tengo algunos problemas en el trabajo y sé que tú podrías entenderlos si me escuchas.

El resultado de esa plática fue que Vicky pronto le promovió una solicitud de empleo en el mismo lugar donde ella trabajaba y, al poco tiempo, ambos laboraban en la misma empresa.

En una de las cartas que Vicky le envió a Jesse, le habló del asunto como algo muy casual y aclaró que estaban en áreas muy distintas y que sólo se veían de vez en cuando.

Por ese tiempo, Russ se cambió de casa y consiguió un pequeño departamento muy cerca del sitio donde trabajaban. Con mucho esmero y después de utilizar todo el dinero con que contaba, lo arregló de forma que impresionara a Vicky, de quien ya conocía sus gustos y preferencias. Incluso compró algunas botellas de las bebidas que sabía que le gustaban a ella, junto con algunas otras con las que formó una pequeña cava muy bien surtida y casi preparada para ella.

Una tarde lluviosa, Vicky estaba en la sala de recepción cuando Russ pasó por ahí por aparente casualidad.

—¡Hola! —le dijo—. ¿Qué haces aquí todavía?

—Espero que amaine un poco la lluvia, está terrible y me da miedo manejar en esas condiciones.

—Tienes razón —dijo él—. No quisiera asustarte, pero acabo de oír por la radio que hay muchos encharcamientos y que hay muchos automóviles varados en algunas vías rápidas. No creo que sea buena idea que te vayas a tu casa ahora.

—¡Caray! —dijo Vicky, algo preocupada.

—Te propongo algo —dijo Russ—. ¿Por qué no esperas un rato en mi departamento? Está muy cerca de aquí, llegarás sin problemas y luego, cuando pase todo, si quieres, puedes irte o puedes decir en tu casa que pasarás la noche en casa de una amiga.

Vicky lo miró desconcertada pero con una actitud que dejaba ver que no le parecía mala idea.

—No sabía que vivieras cerca de aquí.

—Ven —dijo Russ, casi como una orden—. Sígueme, estaremos ahí en un par de minutos.

Vicky obedeció y, en efecto, poco después se encontraba en la agradable salita del departamento de Russ.

—No sé qué te guste de lo que hay ahí —dijo él en forma algo displicente— pero sírvete lo que gustes.

Vicky arrojó su chamarra a un sillón y se paró frente a la cava para escoger un Drambuí y servir dos generosas copas.

Russ se dirigió a la chimenea y colocó algunos troncos que tenía ya listos; enseguida, con habilidad y en sólo algunos segundos, la encendió.

Vicky lo miró sorprendida y pensó que en los departamentos modernos era más común encontrarse con calefacción central.

Después de adivinar sus pensamientos, Russ aclaró:

—Me parece mucho más romántico, aunque tal vez me juzgues de tonto, encender una chimenea de verdad para disfrutar de una copa y de la mejor compañía del mundo.

—Al contrario —dijo Vicky con una sonrisa—, me halaga mucho que te tomes todas estas molestias por mí. Y oye, a propósito, ¿acaso no tienes novia o...?

—¿Alguna amante?—contestó con aplomo el joven anfitrión.

—Bueno, sí, claro que...

—Un momento, muchachita —dijo Russ— no pienses cosas extravagantes ni te imagines nada. En efecto, no tengo novia por una razón muy importante para mí. En realidad, la mujer de mis sueños es sólo eso, un sueño. Estoy enamorado desde siempre de una chica maravillosa, pero...

—¿Qué cosa, Russ?

—Pues...no puedo decírselo. Sería traicionarla a ella y al hombre que ella ama.

—¿Cómo es eso?—dijo Vicky.

—Mira, nada más como ejemplo. Imagínate por un momento que tú eres la mujer de mis sueños y que, como todo el mundo sabe, estás comprometida con mi amigo Jesse. ¿Crees acaso que...?

Vicky se quedó de pronto pensativa y creyó adivinar algo que la sobresaltó en las palabras de Russ, pero que no le disgustaba.

La chica adoptó entonces un curioso aire de consejera y, con palabras muy medidas, le dijo:

—Pues yo, en cambio, creo que no es justo que un hombre tan valioso como tú no tenga una mujer a su lado, una persona que lo ame y lo mime como tú te mereces. En mi caso particular, en efecto, estoy comprometida con Jesse, pero en realidad me siento terriblemente lejos de él y, sobre todo, muy sola. Sólo hablamos por teléfono una o dos veces a la semana, casi siempre de cosas intrascendentes y, ya lo sabes, cada vez son mayores los intervalos de tiempo en los que no nos vemos.

De pronto, Vicky se detuvo, como asustada.

—Dios... ¿qué estoy diciendo? En realidad hablábamos de ti, no de mí. Discúlpame, pero de pronto me coloqué en un lugar equivocado.

—No... no estás equivocada —dijo Russ—. En realidad fuimos directo al fondo del asunto ¡Tú eres la mujer de quien estoy enamorado! En efecto, mi lucha interna es terrible sólo de pensar que te vas a casar con Jesse. Siento que el mundo se derrumba a mis pies.

Vicky dejó su copa sobre la mesita de centro al ver que Russ se acercaba a ella. Ambos dejaron de pronunciar palabra alguna. Russ le pasó la mano por la nuca, bajo su cabello, y Vicky sintió un estremecimiento involuntario que la sacudió.

No había mucho que decir. Sus labios se buscaron uno al otro. Vicky reaccionó con violencia y jaló a Russ por la cabeza, para deslizar al mismo tiempo su hermosa humanidad hasta quedar completamente tendida sobre el sofá.

Una violentísima tempestad erótica se desató entonces. Los jadeos de Vicky provocaban en Russ una reacción animal, instintiva, sensual y avasallante.

La temperatura en la salita era ahora muy agradable, pero aun si hubiera estado congelante, igual hubieran lanzado ambos su ropa en todas direcciones con una prisa excitante, tal como lo hicieron.

Ambos tomaron de la vida lo mejor y disfrutaron a plenitud la entrega más ardiente.

Vicky y Russ continuaron sus encuentros con mayor frecuencia cada vez y sólo de vez en cuando alguno de los dos mencionaba, como por casualidad, a Jesse.

Un día sucedió lo inevitable. Vicky se enteró de que su novio oficial regresaba y, como era obvio, surgió la necesidad de hablar con Russ. La chica estaba decidida a romper su compromiso con Jesse y formalizar su relación con él.

Aquella tarde de sábado, ambos se encontraron en el departamento pero, esta vez, Vicky estaba triste, algo deprimida y hasta un poco nerviosa.

—Hola, mi amor —dijo Russ al entrar.

Vicky no contestó y continuó en una posición que había adoptado hacía ya rato, con las manos entrelazadas al frente y ligeramente inclinada, sentada en el sillón grande.

—¿Pasa algo? —dijo Russ al acercarse a ella.

—Jesse regresa —dijo la chica—. Ha terminado su carrera...

Su posición le impidió ver, en el rostro de su amante, un ligero gesto con la boca apretada que, al mismo tiempo, esbozaba una sonrisa.

—¿Y cuál es el problema, pequeña? —dijo con calma.

—Sólo uno —dijo la chica—. Decirle que tú y yo nos amamos y que no me casaré con él.

Russ se sentó con cierta estudiada parsimonia y consumió algunos segundos en encender un cigarrillo. Luego de lanzar un par de volutas de humo hacia arriba, exclamó:

—No creo que debamos hacer eso; no pienso que sea lo mejor.

Vicky levantó la vista, un tanto sorprendida. Russ continuó:

—Mira —le dijo—, ni tu familia ni los padres de Jesse saben de nuestra relación, no veo por qué enterarlos y causar todo un revuelo. Yo pienso que deberías casarte con él, cubrir todas las apariencias y... continuar tus visitas aquí. Además, tenemos la ventaja de trabajar en la misma empresa.

Vicky sintió como si un duchazo de agua helada le hubiera azotado el rostro, pero no era tonta. En realidad, Russ le daba la oportunidad de aparentar ser una mujer decente, de casarse con su novio de la infancia y darle gusto a sus padres y a los de Jesse, y además... ¡de tener un amante! ¡Una inesperada opción que no le disgustaba del todo!

Despacio, se puso de pie, se dirigió al bar y sirvió otras dos copas de Drambuí.

—¡Salud! —dijo y levantó una copa, después de ofrecerle la otra a Russ—. Creo que es un buen trato y lo acepto con gusto.

❧ ❧ ❧

Jesse y Vicky se casaron en una pequeña capilla en el interior del Hospital Saint Luke, con asistencia de algunos amigos muy cercanos y de los padres de ambos.

Fue una ceremonia breve, sencilla y muy íntima pero no por eso dejó de ser emocionante, al grado de que a Mark Barton se le escaparon algunas lágrimas al ver a Jesse convertido en todo un médico y en el esposo de la hija de uno de sus mejores amigos.

Dada la enfermedad de Sally, sólo hubo un brindis también íntimo en su casa.

Jesse y Vicky tomaron ese mismo día un avión para pasarse tres días en Las Vegas, Nevada, en una luna de miel muy abreviada por los compromisos del joven médico.

Jesse estaba encantado de conocer el mundialmente famoso centro del juego y, por qué no decirlo, de sentir la presencia de Vicky cerca de él, aunque...

En ocasiones, de manera fugaz, volvía a percibir alrededor del cuerpo de la chica aquellos colores que ya una vez había visto, pero esta vez detectó algo nuevo: cada vez que Vicky le reiteraba su amor, él observaba aquellas nubecitas negras cerca de su cabeza y, un poco detrás de ella, como en un segundo plano desafocado, lograba ver una figura humana, la de un joven que permanecía ahí hasta que la conversación giraba en otro sentido.

Por el momento no le era posible identificar a nadie en aquella extraña visión y, aunque poco a poco se acostumbraba a ella, no dejaba de sentir una sensación de angustia.

Hacer el amor con su flamante esposa no le resultaba tan placentero como él hubiera imaginado y, aunque no encontraba una explicación lógica para ese sentimiento, sí le preocupaba que fuera él la causa de que no hubiera una química completa entre los dos.

Los días en Las Vegas resultaron demasiado cortos; las dos noches que permanecieron en aquel lujoso hotel las dedicaron a ver algunos de los fastuosos espectáculos que ahí se presentan y a perder algunos dólares jugando a la ruleta, más por el hecho de estar en la capital mundial del juego que por tener deseos de hacerlo.

Jesse y Vicky instalaron su domicilio en un pequeño departamento en Worbach, cerca del centro médico, a un par de cuadras de un pequeño centro comercial y un supermercado, a pesar de que Sally y Mark insistían en acondicionarles un sector de la casa que podría fácilmente ser convertido en un sitio amplio para vivir con comodidad. Desde luego, las razones de Vicky eran más que obvias, pues no deseaba sentirse atada a la familia para poder contar con la libertad de movimientos tan necesaria para ella.

Mientras tanto, Jesse había comenzado un tratamiento para Sally y, en los siguientes días, ella experimentó notable mejoría.

Mark estaba convencido de que ese avance en el estado de salud de su esposa se debía a algo más que al tratamiento y los medicamentos, pero no encontraba las palabras adecuadas para expresar su opinión, razón por la cual prefirió permanecer a la expectativa.

La vida de Jesse y Vicky se convirtió pronto en una rutina. Ella con su trabajo en la empresa, donde también laboraba Russ, y él entregado a sus enfermos con notable abnegación.

Cada que intervenía en alguna operación en la que el paciente recuperaba las posibilidades de vivir, acudía a la capilla del hospital a dar gracias a Dios por permitirle ser el instrumento del ser supremo.

Cierta tarde, después de un día muy ajetreado, Jesse se retiró a descansar un poco en la pequeña salita destinada a los médicos. Clarence, su enfermera y secretaria, le llevó una taza de humeante chocolate y una frazada con la que cubrió sus piernas; de súbito, comenzó a sentir como si flotara, con una extraña sensación de movimiento, dejó de escuchar los pocos ruidos que hasta ese momento llegaban a él y su mente se internó en otros niveles de conciencia.

Jesse no hizo nada por evitar esa sensación que, además, le resultaba muy agradable. De pronto, se vio a sí mismo o, mejor dicho, a su cuerpo, mientras su mente consciente parecía estar a unos metros de altura.

Era la primera vez que algo así le sucedía y no con poca sorpresa se dio cuenta de que era él mismo y que estaba fuera de su cuerpo, en un viaje astral.

Casi al instante se sintió volar y vagar por encima de varios edificios hasta llegar a una ventana, donde experimentó cierta angustia y un deseo irrefrenable de asomarse al interior.

Sin el menor esfuerzo, atravesó la pared y se colocó a unos metros de una enorme cama donde una joven pareja hacía el amor.

A pesar de todo, no lograba ver las caras de los amantes y, desde luego, no se explicaba la razón de estar ahí. Sin embargo, sentía una intensa sensación de temor: lo mismo deseaba identificarlos como que no se dejaran ver.

Jesse estaba inmóvil, a cierta altura, sin saber de quién se trataba mientras ellos aumentaban el ritmo y la vehemencia de su mutua entrega con caricias y movimientos casi convulsivos.

La luz también parecía avivarse y decrecer a intervalos más o menos regulares.

No con poco esfuerzo logró volver al espacio abierto en el exterior del edificio y entonces vio algo que le mortificó mucho. Abajo, a unos metros, estaba el automóvil de Vicky. ¡No había duda! ¡En el interior estaban sus objetos personales que él conocía bien! Su control para abrir la puerta del garaje con las enormes iniciales en letras doradas que él había colocado; sus lentes para el sol, en suma, todo.

Jesse intentó regresar al interior del edificio, pero una fuerza superior a él se lo impidió.

Temeroso y perturbado, se vio de nuevo sobre su propio cuerpo, sólo que ahora ansiaba entrar en él y finalizar la terrible experiencia.

Casi al instante escuchó la voz de Clarence que le hablaba al oído.

—Doctor, doctor, discúlpeme, pero lo solicitan en urgencias —le dijo la enfermera.

Jesse despertó sobresaltado y sudoroso.

La enfermera se disculpó de nuevo y le informó que había ocurrido un accidente en la carretera 35 y que llegaban algunas ambulancias con heridos.

En la sala de emergencias había un poco de revuelo, lo cual hizo olvidar a Jesse todo lo ocurrido para concentrarse en su labor.

Unas tres horas más tarde, todos los heridos habían sido atendidos y trasladados a diferentes salas de recuperación.

El médico en jefe se acercó a Jesse para felicitarlo por su trabajo y para comentarle que casi todos los heridos eran trabajadores latinos, centroamericanos y mexicanos y, sobre todo, varios oriundos de San Luis Potosí, estado y ciudad a la que le tenía especial cariño, y que iban contratados para trabajar en una construcción en Dallas.

La noticia lo entristeció pero, al mismo tiempo, experimentó una sensación de bienestar al saber que había ayudado a salvar vidas humanas.

En ese momento, Clarence le indicó que tenía una llamada.

—¿Hola? Oh, Vicky, ¿qué pasa?

En el otro extremo de la línea, su hermosa y flamante esposa, con una toalla en el cabello y otra cubriendo parte de su formidable anatomía, le dijo con voz melosa:

—Amor, estoy a la espera de que me reciba un funcionario importante, pero acabo de encontrarme con Russ Coleman. Me dijo que tiene muchos deseos de verte y lo invité a cenar esta noche en casa, ¿tienes algún inconveniente o compromiso?

Jesse le respondió:

—No, ninguno, hiciste bien en invitarlo, nos veremos al filo de las ocho.

Esa noche, al llegar a su casa, Jesse se encontró con un sonriente Russ Coleman que departía en la sala con su mujer.

El hombre se incorporó de inmediato y abrazó al médico.

—Amigo mío —le dijo—. Ya me enteré de que estás en el Hospital Saint Luke y que eres un médico importante. Vicky me habló de su matrimonio y de lo mucho que te ama. En verdad eres un tipo afortunado.

—Gracias —respondió.

Poco después, los tres recordaban sus tiempos juveniles y una que otra travesura de muchachos.

—¿Te acuerdas cuando soltamos aquellas vacas del corral del viejo Pete? —dijo Russ.

—Claro, y también cuando hicimos pedazos aquel camión —dijo Jesse.

Russ extremaba sus atenciones hacia Jesse, mientras Vicky se mantenía atenta pero sin intervenir en la conversación, como si disfrutara de escuchar la plática.

De pronto, Jesse notó que el volumen de las voces disminuía mucho; los ruidos exteriores llegaban como apagados hasta él, y de nuevo comenzó a percibir los colores del aura de Vicky, sólo que ahora también veía la de su amigo Russ.

Sin embargo, esta vez se dio cuenta de que podía continuar con su charla sin que al parecer afectara en el estado de conciencia que adquiría.

Las nubecillas negras que parecían salir de la cabeza de Russ eran iguales a las que en otra ocasión había percibido en Vicky.

Russ platicaba acerca de su trabajo y del tiempo que lo mantenía ocupado, y mencionó que apenas veía de pasada a Vicky en escasos momentos.

—¡Está mintiendo! —pensó Jesse—. Algo ocultan los dos.

Sus sentimientos se lo hacían patente en forma muy clara; tan clara, que casi podía leerles el pensamiento.

Fue entonces cuando, como si se tratara de una visión fugaz y relampagueante, pudo ver los rostros de los amantes del lugar en donde había vagado en su experiencia fuera del cuerpo.

—¡Son ellos! —pensó.

Por el momento, sintió una rabia inmensa, un deseo irrefrenable de tomar venganza con sus propias manos, ahí mismo, en su propia casa, a donde su esposa había tenido la desfachatez de llevar a su amante.

Mientras Vicky y Russ continuaban su charla y sus mentiras, ajenos a todo, Jesse recordó que en el cajón de un mueble había una pistola. Su deseo de ponerse de pie y tomar el arma era inmenso; sin embargo, alguna fuerza superior le impedía realizar aquella acción.

Vicky se puso de pie y los invitó a pasar a la mesa. En un momento dado, le dio un fingido beso de amor en la mejilla a Jesse.

Jesse pensó que era curioso, pero la había sentido muy fría, casi helada. Mientras tanto, Russ continuaba con sus alabanzas y atenciones hacia su anfitrión.

Durante la cena, las cosas no cambiaron; el médico continuó con su percepción del aura de ambos y observó con todo cuidado los cambios que se producían en ellas.

—¡No hay duda, Vicky y Russ me engañan! —pensó Jesse, quien de pronto golpeó con fuerza la mesa con el puño cerrado, en un movimiento involuntario.

Russ y Vicky voltearon sobresaltados.

—Jesse, ¿qué pasa? —dijo ella.

El médico continuaba con su puño sobre la mesa, pero encontró la forma de explicar su rabia con otras palabras.

—No puede ser —dijo—. Creo que cometí un error lamentable. Ese medicamento está mal recetado; si se lo administran al paciente, lo van a perjudicar.

Vicky iba a decir algo, pero Russ la detuvo.

—Espera —dijo el invitado—. Sé de qué habla. Qué bueno que detectaste el error. ¿Estás a tiempo de corregirlo?

—Por supuesto —dijo Jesse y se puso de pie—. ¡Tengo que ir ahora mismo al hospital! Te veré en otra ocasión, ¿estás de acuerdo, Russ?

En efecto, Jesse salió con prisa y se dirigió al hospital, pero sólo para encerrarse en la salita de descanso. Un cansancio extremo lo invadía y poco a poco se quedó dormido.

Acostumbrada, Vicky no lo llamó por teléfono sino hasta el día siguiente.

—Oh, disculpa —dijo Jesse—. Tuve demasiadas cosas por atender y casi no he dormido; descansaré unas horas para volver al trabajo y regresaré a casa por la noche.

Jesse tardó todavía un buen rato en recuperar el control de su adolorido cuerpo, pero un buen duchazo lo dejó como nuevo.

Por la tarde, al filo de las 7:30, escuchó el inconfundible tañido de las campanas de un carro de bomberos y las sirenas de algunas ambulancias. No le extrañó para nada que hubiera llamado general a todos los médicos para presentarse en la sala de urgencias.

Clarence le informó que un incendio en un edificio de departamentos había dejado como saldo varios muertos y muchos intoxicados por inhalación de humo. Jesse se olvidó de todo y se concentró en atender a los heridos que llegaban.

Mientras tanto, en un extremo lejano de la sala, los paramédicos dejaban dos camillas alineadas.

—¿Qué pasa con ellos? —dijo Jesse.

—Por desgracia acaban de fallecer, doctor —dijo el joven auxiliar.

El doctor Jesse Barton siguió con su intenso trabajo de atención a las víctimas del incendio. Las camillas de quienes no habían logrado sobrevivir se acumulaban en un extremo de la sala.

Jesse pensó que siete muertos eran demasiados y se imaginó que en otros nosocomios habría otros más.

De pronto, Jesse volteó casi sin quererlo, como si su vista fuera atraída hacia dos de las camillas.

¡Ni siquiera tenía necesidad de descubrir los cadáveres para saber que se trataba de Vicky y Russ!

—Lo sé, lo sé —repetía en voz baja.

Su corazón comenzó a latir con prisa. Sus piernas se negaban a moverse. Una sensación de sofocamiento lo invadía. ¡Jesse sabía con absoluta certeza que aquellos dos cadáveres eran los de Vicky y Russ!

Hasta él llegaron las palabras socarronas de uno de los paramédicos.

—Éstos ni la muerte sintieron. Estaban en pleno faje. Hacían el amor como locos —dijo.

Con profundo dolor dio media vuelta para salir de la sala de emergencias y pensó, sin poder evitarlo, que él había sido el causante de sus muertes.

—¡Fui yo! —se repetía—. Tal vez mi pensamiento, al desear matarlos, lo hizo realidad. Quizás una fuerza desconocida me guió... ¡no lo sé!

Jesse se dirigió al pasillo. En ese momento, un hombre se acercaba a él con paso firme. Su aspecto era muy diferente al de la mayoría, como el de un campesino mexicano, muy limpio, con ropa blanca al igual que las canas que ya peinaba, pero con andar firme y erguido.

¡Jesse supo que era él!

Cuando estuvieron a sólo un metro de distancia, el hombre sonrió y dijo:

—Dios me trajo a este lugar. Estuve en el accidente de la carretera. Los caminos del Señor son inescrutables. Y, en cuanto a ellos, tú no eres culpable de nada, sólo recibieron el castigo divino que merecían. Tú te diste cuenta de todo, pero no causaste su muerte. Sally se pondrá bien bajo tu cuidado. Mark recibirá el cielo por sus acciones —dijo el hombre.

Jesse sintió una increíble sensación de no escuchar nada de lo que pasaba a su alrededor sino sólo lo que Juan, el chamán, le decía.

—En un momento dado, luchaste contra ti mismo para no cometer un crimen porque eres un hombre de bien —dijo el chamán.

Jesse tomó las manos del hombre y, sin más, las besó con reverencia.

Juan, el chamán, le acarició el cabello y lo abrazó con ternura.

—¡Padre mío!—dijo Jesse—. ¡Al fin te conozco!

—Sí, hijo—dijo Juan—. Pero siempre he estado al tanto de tu vida. Tú serás un hombre feliz mientras hagas el bien a tus semejantes y cuides a tus padres, que lo son tanto como yo. ¡Recuérdame siempre!

Juan, el chamán, dio media vuelta y, con una sonrisa de orgullo o de satisfacción, se alejó con paso seguro mientras Jesse permanecía ahí con el rostro encendido de felicidad.

—¡Adiós, padre mío!—dijo Jesse, el hijo del chamán.

Espeluznante

Me llamo Marina. Acabo de cumplir 28 años y, en esta ciudad de Zacatecas, una mujer de mi edad puede considerarse "quedada". Aquí las chicas se casan muy jóvenes y siempre ven a sus hijos crecer mientras mantienen la lozanía de una agradable vida joven.

Yo no tengo más familiares que mis padres, soy hija única y he tenido la oportunidad de recibir todo lo que mis papás se esmeraron en proporcionarme desde la infancia e incluso ahora, seis años después de que terminé mi carrera de arquitectura.

Nunca he trabajado, mis instrumentos como las escuadras, reglas, restirador, etcétera, están impecables y colocados en su sitio, pero nunca he hecho ningún trazo porque nunca he tenido la necesidad de hacerlo.

Todo indicaba que la vida se ha mostrado benévola con una mujer como yo, aunque podría pensarse que deseo casarme, tener hijos y formar una familia feliz; sin embargo, tengo tanto miedo de dar cualquier paso en la vida porque creo que soy una persona fuera de lo común.

Casi todas mis amigas y amigos, cuando se presenta el tema, hablan de telepatía, de telequinesia, de viajes fuera del cuerpo, con palabras que muestran un vehemente deseo de lograr alguna de esas manifestaciones que pueden ser psíquicas.

Mi amiga Elena afirma que ella presiente algunos acontecimientos, lo que se conoce como premonición. Mi amigo Jorge, dice que su esposa y él están tan identificados entre sí que casi se adivinan el pensamiento.

Desde luego, no falta quien hable de los viajes astrales, o sea, los desprendimientos del espíritu que se dan en circunstancias muy peculiares, como algo que llama mucho la atención.

Yo tengo esa facultad, pero no se la hago saber a nadie; me guardo el secreto para mí y, por desgracia, vivo con eso porque en verdad es espeluznante.

Al principio sólo abría los ojos y me descubría a mí misma recostada en mi cama con los ojos cerrados, pero yo me veía desde un plano alto, como si flotara en el techo de la recámara, y sabía bien que mi cuerpo quedaba en la cama mientras yo permanecía suspendida en lo alto.

Luego, intenté salir de la recámara en uno de esos viajes y lo hice sin ninguna dificultad; atravesé paredes y "volé" alrededor de la casa para luego regresar a mi cuerpo y sentir con todo detalle su calor en el momento de la incorporación.

Estos desprendimientos eran involuntarios pero, como cualquier persona curiosa, comencé a darme cuenta de que yo podía iniciar un viaje astral casi a voluntad.

Todo parecía normal, pero resulta que, en cada uno de los desprendimientos que experimentaba, comencé a encontrarme con entidades que, estoy segura, no pertenecían al mundo de los vivos, pues sus simples atuendos me indicaban que eran personas que vivieron hace mucho más de 30 o 40 años.

También he hablado con algunos de ellos y sus comentarios se refieren a hechos acaecidos hace mucho tiempo como, por ejemplo, me preguntan cómo va la Revolución, que si Madero ya entró a la Ciudad de México, o que si el general "fulano de tal" triunfó sobre las fuerzas revolucionarias, etcétera.

Hace tiempo, en otro viaje, conocí a un hombre alto, rubicundo, de manos enormes, quien me dijo llamarse Abraham y era el autor de una conocida canción dedicada a mi estado de Zacatecas, y que había escrito algunos años antes de morir, por lo que no tuve la menor duda: aquel personaje no pertenecía al mundo de los vivos.

Por eso digo que cada viaje resulta una experiencia espeluznante y no siento el menor deseo de compartirlo con nadie.

Desde hace poco tiempo he tenido una sensación agobiante que me causa fuerte impacto emocional, pues por las noches, cuando ya estoy en mi cama y todo está tranquilo, me volteo sobre mi lado derecho y, a punto de quedarme dormida, siento a la perfección la presencia de "alguien" que se sienta a los pies de mi cama, pero yo no tengo fuerzas suficientes ni siquiera para voltearme, mucho menos para ver quién es la persona que está sentada tan cerca de mí.

No siento que sea peligroso, pues nunca he sentido que toquen mi cuerpo, pero la desesperación de no poder abrir los ojos y entrar en conciencia para ver a mis extraños visitantes es muy inquietante.

Hace una semana tuve una sensación de este tipo, pero entonces combiné mis experiencias y, aunque tampoco tenía fuerzas para ver a mi visitante, sí tuve la suficiente capacidad para desprenderme de mi cuerpo y colocarme en un plano alto, desde donde me pude ver dormida en mi cama y a una mujer de edad avanzada, sentada a los pies de mi cama.

Entonces decidí salir y me dejé llevar por una fuerza incomprensible que me condujo en vuelo hacia la carretera, a unos 20 o 30 kilómetros de aquí. Ni yo misma sabía por qué sucedía aquello, pero entonces descubrí a lo lejos una zona donde había mucha luz, mucha gente, muchas mesas con viandas y bebidas y, sobre todo, un lugar en donde reinaba la algarabía.

Cuando descendí y me mezclé entre la gente, comencé a hablar con algunos de ellos, quienes se mostraron muy afables conmigo y se acercaban a mí con el evidente propósito de cruzar algunas frases.

Una señora con dos niños, de unos ocho y diez años, muy sonrientes los tres, me dijo que se llamaba Piedad y que estaba contentísima porque esperaban con ansias a su esposo Austreberto quien estaba a punto de llegar.

Otro señor con una sonrisa muy agradable, a quien le calculé unos 70 años de edad, me mostró algunas fotografías de su hija Carmen y me dijo que también la esperaba, deseoso de verla y tenerla junto a él.

Yo caminé entre aquella compacta multitud y poco a poco me contagié del buen humor que reinaba en ese sitio.

Me ofrecieron muchas viandas que despedían un olor muy agradable, a comida recién hecha, pero, cuando me acerqué a las enormes cazuelas en donde se suponía que estaba la comida, las vi vacías, aunque estaban en el fuego y humeaban. Unos enormes vitroleros, que debían contener agua fresca, estaban también vacíos, aunque la gente se formaba para llenar su vaso.

La fiesta continuaba y todo el mundo sabía que las personas a quienes esperaban llegarían a las 2:30 de la madrugada en punto. Yo busqué un reloj para consultar la hora, pero no encontré ninguno, de manera que no tenía ni la menor noción del tiempo ni mucho menos de cuánto faltaba para que llegaran los familiares de todas aquellas personas.

Había felicidad, niños que corrían de un lado a otro, gritaban y hacían piruetas en el terregoso piso. Los jóvenes bailaban al compás de las notas de una guitarra, con la que otro muchacho interpretaba algunas melodías de moda.

Los chicos coreaban alegremente las canciones y contagiaban a todos los demás de su festiva acción.

Al fondo, había un hombre con un cartel que decía: "Paco, Perico y Manolo, bienvenidos", también con una gran sonrisa en el rostro y, a pesar de su edad, llevaba el ritmo de la música de los muchachos con compulsiva alegría.

Aquella fiesta tenía algo de extraño pues, aunque todos estaban contentos, se percibía en el ambiente algo indefinible que no me permitía disfrutar a mis anchas de una fiesta y menos en las circunstancias que yo vivía; por tanto, decidí regresar a mi hogar y, para ello, volé en sentido inverso, localicé mi casa en las calles de Independencia y, como una flecha, me dirigí a mi recámara. De nuevo me descubrí a mí misma, dormida.

Aquella persona que se sentó en mi cama ya no estaba, por lo que realicé el rito de costumbre e incorporé la frialdad de mi espíritu al calor de mi cuerpo físico. Casi de inmediato me quedé dormida y al día siguiente me desperté con enorme inquietud y sed fuera de lo normal. Me levanté, me preparé una humeante taza de café y luego encendí la televisión.

La noticia era la de una tragedia acaecida en la carretera México—Ciudad Juárez, cuando un autobús procedente de León, Guanajuato, chocó con una camioneta que llevaba tambos de alcohol y se incendió casi al instante por la fuerza del impacto.

Murieron más de 40 personas, entre ellas, Paco, Perico, Manolo Gutiérrez, tres jóvenes que venían a visitar a su abuela y quienes habían perdido a su padre hacía apenas un mes; también vi que murió un hombre llamado Austreberto, a quien lo esperaban su esposa y sus hijos. Ellos habían fallecido en otro accidente de carretera, en Tampico, un año antes.

Entonces caí en la cuenta de que todas aquellas personas de verdad disfrutaban de una fiesta, porque todas ellas tendrían la dicha de reunirse con alguno de sus familiares que fallecieron en aquel terrible accidente de carretera. Por eso la fiesta era en ese punto, a donde acudieron personas que ya habían cruzado el umbral de la vida.

¿Quién era la persona que se sentaba en mi cama y por qué? No me cabe la menor duda: es una especie de mensajera que me anuncia los acontecimientos que están por suceder y que aprovecha mi condición de persona propensa a realizar viajes fuera de mi cuerpo sólo para cumplir con una encomienda, Dios sabrá de quién.

Para mí, como seguro lo será para muchas personas, los viajes astrales no son nada nuevo pero, cuando involucran a entidades fantasmales, se me hace un nudo en la garganta, se me aflojan las piernas y me cosquillea la espina dorsal, porque en realidad yo no disfruto como dicen que se disfruta de esos desprendimientos; para mí es una traumática experiencia espeluznante.

La fotografía

Jorge Michel llegó esa tarde a la señorial ciudad de Morelia, capital del estado de Michoacán, para asistir al primer día de trabajo de un seminario de ventas convocado por la empresa fabricante de muebles para la que trabajaba.

Acostumbrado a viajar con frecuencia, llevaba sólo lo indispensable para una estancia de tres días: tres mudas de ropa, sus efectos personales y un buen libro para leer por las noches, que no dejaba nunca.

Como no le gustaba compartir su habitación con nadie y la empresa había girado instrucciones de arreglar los alojamientos para dos personas, él decidió cambiar de hotel y dirigirse a uno que le habían recomendado, en pleno centro de la ciudad, a media cuadra de la calle principal.

Se trataba de un edificio antiguo, que seguro fue residencia de alguna familia pudiente, y que ahora, en virtud de la enorme cantidad de habitaciones, había sido convertida en hotel.

No era un sitio muy grande, pero sí muy grato. De inmediato se sintió tranquilo y se lamentó por no haber conocido antes ese lugar, pues seguro que lo hubiera escogido como su sitio favorito para hospedarse.

Además de todo, Jorge se encontró con que el personal era muy amable. El dueño y su hija administraban el hotel y, al parecer, era la propia esposa del propietario quien se hacía cargo de la cocina.

A Jorge le pareció increíble la sazón de los alimentos, a los que les encontró muchísimo parecido con los que preparaba su abuela, con la que tuvo necesidad de vivir muchos años a la muerte de sus padres.

Jorge estaba fascinado por la limpieza; las habitaciones de techo alto, distribuidas alrededor de un pasillo muy amplio y en sólo dos niveles, le daba al hotel una semejanza muy marcada con una casa familiar.

El comedor tenía la peculiaridad de que contaba sólo con algunas mesas, pero en el centro del salón había una mesa para 16 comensales, según calculó, y en donde se sentaban muchos de los inquilinos, que seguramente se conocían pues se trataban con mucha familiaridad. Anita, la hija de don Raúl, el dueño, casi siempre acompañaba a algunos a la hora del desayuno, por lo menos.

Jorge se durmió temprano, muy tranquilo y algo cansado, con el libro entre las manos, para poder despertar a buena hora.

Como la convención se llevaba a cabo en los salones de otro hotel, pero muy cercano al suyo, Jorge podía caminar y disfrutar de la gente, el movimiento de los vendedores de dulces y de recuerdos, que, por tradición, ocupan todo el interior del portal.

Los trabajos de la empresa se llevaron a cabo de forma normal, como lo acostumbraba la dirección general de la fábrica, pero él deseaba que todo terminara para irse a descansar confortablemente a su cuarto.

Sus amigos, compañeros de trabajo, agentes viajeros como él algunos y muchos otros empleados administrativos de la empresa, con sede en la ciudad de Guadalajara, aprovechaban esos días de "libertad" para pasarla bien, reír, contar chistes e historias, hablar de las "puntadas" de tal o cual cliente, de las presiones de sus respectivos gerentes, etcétera. El ambiente era de franca camaradería pero, eso sí, muy escandaloso.

Cuando le preguntaron por qué había decidido irse a otro sitio, él les comentó con franqueza que no estaba acostumbrado al relajo y que, además, había encontrado un hotel que le parecía maravilloso y que en lo sucesivo le haría desear llegar a la ciudad de Morelia para disfrutar su estancia allí.

Los compañeros, curiosos, le dijeron que al día siguiente lo acompañarían para desayunar antes de los trabajos de clausura de la convención, tanto para conocer el sitio y para saborear los alimentos que ahí se servían, como para admirar a Anita, tal como Jorge les había platicado.

Así lo hicieron y al otro día, temprano, se llenó la mesa grande con todos ellos y, además, con la anfitriona, quien estaba feliz con la compañía que llegó con Jorge de manera inesperada.

Hubo muchos elogios para la belleza de las instalaciones, las columnas de cantera, los cuadros, los pedestales con hermosos jarrones, pinturas, candiles, etcétera. Y, por supuesto, no faltó quien le dijera a Anita lo que toda mujer quiere siempre escuchar de algún hombre: ¡lo hermosa que era!

Al terminar el desayuno, decidieron pasar por el patio central y, detrás de una fuente que lanzaba chorritos de agua cristalina, se colocaron todos para que Anita les tomara una fotografía con la cámara de Jorge. Después salieron juntos y se dirigieron al hotel en donde estaba instalada la convención de ventas.

Al día siguiente, todos los vendedores se retiraron a sus diferentes lugares de residencia, a lo largo y ancho de la República Mexicana.

Uno de ellos le recordó a Jorge lo de la fotografía y le pidió que le enviara una copia. Por supuesto, los demás hicieron lo mismo.

Al llegar a la Ciudad de México, en donde Jorge radicaba, mandó revelar el rollo y ordenó una serie de copias adicionales para todos sus amigos.

Dos días más tarde, cuando pasó al laboratorio a recoger las impresiones, sólo revisó que hubieran quedado bien y las guardó en el mismo sobre en el que las recibió.

Por correo, les envió a todos una fotografía y fue hasta después cuando reparó en algo que llamó con fuerza su atención.

En la única foto que él conservó, aparecían, además de los amigos conocidos, dos personas que a él le parecieron extrañas. Se trataba de un hombre y una mujer, de edad madura, vestidos de forma muy diferente a ellos, con una expresión triste, a diferencia de las amplias sonrisas que mostraban todos sus compañeros. Estaban colocados en un extremo del grupo y el hombre ofrecía su brazo galante a la dama, que estaba colgada de él.

Por más que hacía memoria, no recordaba haberlos visto nunca, ni siquiera entre los huéspedes del hotel. Incluso había tenido oportunidad de saludar a algunos de ellos en los pocos días de su estancia.

Al llegar a la oficina, en el centro de la ciudad, se encontró con tres recados de sus amigos, uno de Monterrey, otro de Veracruz y uno más de Guadalajara, que inquirían por la identidad de las dos personas que estaban en la foto, pues nadie los conocía.

Intrigado, decidió adelantar para tan pronto como le fuera posible el siguiente viaje al Bajío, que en su ruta de trabajo incluía la ciudad de Morelia.

Por fin, quince días después, se presentó la oportunidad y Jorge preparó su rutinario viaje, pero esta vez lo hizo de manera que la primera plaza que habría de visitar fuera justo la capital michoacana.

Al llegar, Jorge guardó el automóvil y, presuroso, se dirigió al hotel, en donde fue recibido con la misma cordialidad de la vez anterior por la joven Anita.

Antes de registrarse y de acomodar sus cosas en la habitación, Jorge sacó de su portafolio la fotografía que la misma chica les había tomado en el patio, y le preguntó por las dos personas que aparecían en ella.

Anita movió su cabeza en actitud negativa, pero mantuvo su rostro con un gesto de duda, como si le fueran por lo menos familiares los rostros de los dos personajes.

Al fin, dijo con firmeza que no sabía quiénes eran.

Su padre, que acudió al mostrador al escuchar la plática, pidió ver las fotos y titubeó un poco, pero tampoco pudo dar razón de la identidad de ninguno de ellos.

La fotografía comenzó entonces a circular por todos los empleados del hotel, y todos aseguraban no conocerlos.

Cuando ya la conmoción era mayor, una jovencita, afanadora del segundo piso, se atrevió a decir que ella había visto al hombre y a la mujer, pero separados.

El dueño del hotel le pidió que fuera más clara y ella dijo que en el segundo piso, en cuyas esquinas había dos salones pequeños, había unos cuadros de "antepasados", como ella les llamaba, pero el del hombre estaba en un salón y el de la mujer, en otro. De inmediato subieron todos a los salones, sorprendidos por las palabras de la chamaca.

En una de las pinturas, que estaban enmarcadas y colgadas en una pared, aparecían tres personas: un hombre y dos mujeres.

—Es mi bisabuelo Esteban —dijo don Raúl—, ella es mi bisabuela y la otra es mi abuela, hija de ambos.

Comparó la fotografía con la pintura y, para su sorpresa, de inmediato encontró parecido entre los dos personajes masculinos.

Casi a tropel corrieron todos hacia el otro salón en medio de expresiones de sorpresa, para encontrar una pintura, parecida a la anterior, pero en la que la mujer que aparecía en ella estaba con un hombre mayor y otra dama.

El parecido con la mujer de la fotografía era extraordinario.

—Creo que se llamaba Natalia y que era amiga de la familia —dijo don Raúl con voz entrecortada por la emoción. Sudaba en abundancia por la carrera y por el calor que se producía en el salón atestado de gente.

Luego, delante de todos los curiosos, incluso su hija, confesó haber escuchado a su madre hablar muchas veces tanto de Natalia como de Esteban, que estaban enamorados y de quienes incluso se dijo que eran amantes, pero que nunca se casaron porque las familias se opusieron a ello.

Jorge dijo en voz baja, pero audible:

—Pues... ya están juntos.

Hubo rumores, exclamaciones de incredulidad, de sorpresa y, desde luego, de gran curiosidad. Todo el mundo deseaba tener una fotografía.

Jorge le entregó la única copia que tenía y pensó en ordenar más al llegar a México. Una vez aclarado el misterio, todos se retiraron.

¡Fantasmas! ¡Amor en el más allá! ¡Entidades que quisieron dejar constancia de su amor! ¡Nadie sabría qué pasó!

Esa tarde, Jorge, aún no repuesto de la sorpresa, pensaba en las mil formas de interpretar el extraño acontecimiento mientras caminaba por las adoquinadas y bellas calles de la ciudad.

De pronto, vio a la mujer, sí, a la mujer de la fotografía, quien, al notar que había sido vista, sonrió y aceleró el paso para evitar a Jorge.

Éste echó a caminar tras ella y luego, cuando ya casi la tenía a su alcance, al llegar a una esquina, la dama dio vuelta con paso apresurado.

Cuando Jorge llegó a la esquina, sólo un par de segundos después, vio la calle vacía, sola, sin un alma en ninguna de las banquetas y, desde luego, sin rastro alguno de quien, ahora estaba seguro, era Natalia.

Por un momento se quedó como petrificado y, después de comprobar que no había ninguna puerta abierta y que habría sido imposible que Natalia pudiera entrar a alguna de las casas de esa cuadra, sintió como que una ligera descarga de electricidad le recorría todo el cuerpo,

Dio media vuelta y echó a caminar, pensativo, por la calle por donde había llegado. Al cruzar de una banqueta a otra, descubrió al hombre, sí, al hombre de la foto, quien le sonrió y dio vuelta en la misma esquina.

Jorge sabía bien que, si lo buscaba, no encontraría nunca. Prefirió dejar las cosas así y ni siquiera les comentó a los dueños del hotel acerca de su experiencia, pues estaba seguro de que no le creerían, a pesar de todo.

Extraño encuentro

Saúl Rivera tomó el autobús de las siete de la mañana en la Ciudad de México para trasladarse a San Luis Potosí, capital del estado del mismo nombre, en un viaje de negocios de la empresa mueblera para la que trabajaba.

Para poder llegar a tiempo, se vio en la necesidad de levantarse a las 3:30 de la madrugada, bañarse, arreglarse y revisar el portafolio con los documentos que había dejado listos desde la noche anterior, sólo para cerciorarse de que no le faltaba nada. También tuvo la precaución de llevar un cambio de ropa por si se presentaba la necesidad de pasar una noche en la industriosa ciudad norteña.

Los asuntos le llevaron casi todo el día, pero por la tarde se sentía cansado, de modo que reservó su viaje de regreso para el día siguiente y se dirigió a un lujoso hotel del centro de la ciudad en el que acostumbraba hospedarse, pues había decidido quedarse esa noche en la ciudad más bonita del país, según su parecer.

Saúl tomó el teléfono y llamó a su esposa para avisarle que estaría en el hotel de siempre.

Hacía un poco de calor, pero lo suficientemente agradable como para caminar un poco por la bulliciosa calle de Hidalgo y, después de cenar algo ligero, regresar al hotel.

Se cambió la corbata y el saco por una playera para sentirse cómodo y salió a disfrutar de una deliciosa caminata por el centro de la ciudad, por la abarrotada calle donde no hay tránsito de automóviles y los peatones gozan de un muy agradable paseo, miran los aparadores de las tiendas y "se encuentran" con los miembros del sexo opuesto para saludarse y verse.

Saúl iba muy tranquilo y relajado; sólo se detuvo de vez en cuando para comprar algunos dulces que, sin falta, llevaba a sus hijos a México cada vez que visitaba San Luis, y algún billete de lotería, pues tenía también la curiosa idea de que en esa ciudad se vendían muchos premios.

De pronto, vio venir a una persona, para él inconfundible, y su corazón dio un salto de emoción.

Se trataba de su tío Pedro Rivera, hermano de su fallecido padre y a quien jamás pensó encontrar en ninguna otra parte del mundo que no fuera Ocotlán, en el estado de Jalisco, que era el pueblo más cercano al rancho "Los pozos", en donde vivía desde hacía más de 65 años.

Pero no cabía la menor duda, se trataba de su mismísimo tío con su clásico atuendo: botines de *zipper* color café, pantalón de mezclilla y una camisa a cuadros de tono claro, así como su imprescindible sombrero de ala bastante ancha.

Don Pedro le sonrió y detuvo su paso para esperar a que Saúl se acercara más a él.

—¿Tío Pedro? —dijo éste, sin ocultar su sorpresa—. ¿Qué hace por acá? ¡Jamás hubiera imaginado verlo fuera de sus rumbos!

—Ya lo ves —dijo el tío con una amplísima sonrisa que iluminaba su rostro—. Yo tampoco pensé encontrarte aquí. Incluso iba a llamarte porque tengo que pedirte un favor enorme.

—Tu dirás —dijo Saúl, mientras se hacía a un lado para evitar que el torrente de personas se topara con él y le impidiera el paso franco.

—Pues, en pocas palabras —dijo— te pido que vayas a "Los pozos" y luego vayas con el síndico del municipio, quiero que veas unos papeles que dejé ahí y que son muy importantes para ti y a lo mejor para muchas otras familias; pero, te insisto, son muy importantes.

—Claro tío, viajaré a Guadalajara la próxima semana y entonces tendré oportunidad de ir a Ocotlán. No se preocupe —dijo—, haré lo que me pide.

—Sí... Supera los obstáculos, ayuda a los que te ayuden y, sobre todo, acuérdate de que la tierra debe producir. Mira... ya son casi las ocho —le dijo don Pedro con una mirada chispeante y sin dejar de sonreír.

—¿Cómo dice, tío?

En ese momento, dos personas que caminaban por la calle en actitud despreocupada, lo saludaron desde cierta distancia. El joven Rivera volteó para responderles y por un instante perdió de vista a su tío, pues también, al mismo tiempo, se dieron cuenta de que obstaculizaban el paso de otras personas.

Saúl intercambió algunas frases cordiales con sus amigos y luego se volvió hacia su tío, pero... ya no estaba ahí.

Saúl lo buscó por la zona donde había platicado con él y pensó que a lo mejor hasta se había molestado por la interrupción, pero no lo encontró por ninguna parte. Algo sorprendido, se quedó un buen rato en el mismo sitio y esperó a que el tío Pedro saliera de alguna tienda a la que hubiera entrado mientras él platicaba con sus amigos.

Sin embargo, no apareció más. Saúl caminó varias veces a lo largo de la calle Hidalgo y luego por algunas avenidas cercanas con la esperanza de volverlo a ver, pero fue inútil. La tierra parecía habérselo tragado.

Algo inquieto, regresó a su hotel sin poder entender la actitud de don Pedro.

—Señor Rivera, tiene usted un recado —le dijo el encargado de la recepción al tiempo que le entregaba un papel doblado que estaba en su casillero.

Saúl se metió el recado en la bolsa del pantalón y subió a su habitación, abrió una de las bolsas de duquesas, los dulces que llevaba a sus hijos, y uno de ellos se convirtió en su cena.

Cansado y pensativo, se recostó y se quedó dormido.

Al filo de las 5:00 de la mañana, se dio cuenta de que estaba vestido y que además se acercaba la hora de irse a la terminal de autobuses. Entonces se puso de pie, se despojó de la ropa y se metió a la ducha.

Cuando salía del baño sonó el teléfono.

Su esposa Alicia le llamaba desde la Ciudad de México sólo para avisarle que su tío Pedro había fallecido la noche anterior, como a las 7:30 de la noche, pero que, como no estaba en su habitación, dejó el recado en la administración para avisarle.

Saúl sintió como si una corriente eléctrica le recorriera todo el cuerpo, de los pies a la cabeza, se estremeció y, anonadado, se dejó caer en el sillón con el cerebro hecho un caos.

—Yo lo vi... yo lo vi... —se repetía una y otra vez—. Y lo vi a la hora en que dice Alicia que murió. Yo estaba con él. Dios mío... ¿qué sucedió?

Saúl se vistió a toda prisa y entonces se dio cuenta de que temblaba casi convulsivamente. Para tratar de calmarse se sujetó ambas manos, pero no podía evitar que gruesas gotas de sudor frío le escurrieran por la frente.

Las palabras de su tío Pedro resonaban aún en su cerebro; para él no tenían sentido, pero sabía bien que se trataba de algún mensaje de su pariente, a quien no había visto por lo menos en los últimos diez años, pero que, sin duda alguna, se había encontrado en las calles de San Luis Potosí.

Todo le parecía irreal, insólito, macabro. Él lo había visto a la hora en que había dejado el mundo de los vivos. Sin embargo, del mismo modo estaba seguro de que nadie le creería lo que le había pasado.

Cuando llegó a la Ciudad de México y le refirió a su esposa el extraño encuentro, ninguno de los dos encontró palabras para intentar alguna explicación, de modo que sólo se tomaron de la mano al tiempo que se miraban con una sonrisa de amor.

Una semana más tarde, Saúl tuvo que viajar, ahora a la capital del estado de Jalisco y, desde luego, aprovechó para ir a Ocotlán a visitar a algunos parientes lejanos que aún vivían en "Los pozos". Una tía le informó que Pedro había enfermado súbitamente de neumonía y que no resistió mucho.

El panteón quedaba cerca y Saúl decidió ir a visitar la tumba, que aún era un montículo de tierra, donde reposaban los restos de su tío Pedro.

Sin saber por qué, en su cerebro se repetían una y otra vez las palabras que le dijo en San Luis quien, ahora estaba convencido, era una aparición.

De ahí se dirigió a visitar al síndico municipal y se encontró con que a éste le causaba sorpresa su presencia en su oficina.

—Bueno... —dijo—, no sé ni cómo se enteró, pero... mire... pues... ya lo sabe, de seguro... aquí tiene.

Saúl tomó el documento que el síndico le alargaba y leyó lo que era, en pocas palabras, el testamento de su tío Pedro.

—Es usted el propietario de la parte norte de "Los pozos", con 60 hectáreas de tierras adjuntas y de la ladrillera que trabaja a medias, pero que es suya, después de todo —le dijo el síndico, con un gesto que a Saúl le pareció de coraje.

Saúl dejó la oficina, regresó a México y algo le hizo pensar que todas esas cosas necesitaban de su atención personal, de modo que pidió permiso en la empresa y se propuso pasarse un par de meses en "Los pozos".

La tía Lolita le dio alojamiento para tenerlo cerca y, desde luego, celebró que las propiedades del tío Pedro hubieran pasado a manos de Saúl.

Muy pronto se puso en movimiento y, sin olvidar las palabras de su tío, puso a funcionar la ladrillera para construir viviendas nuevas y limpias para todos los que no tenían un techo decente.

Rápido se corrió la voz acerca de los beneficios que Saúl se proponía para la gente del lugar y muchas personas se acercaron a él para ofrecerle ayuda en todo lo que necesitara.

Tres hombres, conocidos de Saúl, que eran Nacho, Joaquín y Esteban, organizaron sus propias cuadrillas para desmontar una zona en la que se levantarían las casitas. Los ladrillos estaban ya apilados y había suficiente mano de obra.

Una tarde, al cavar una zanja en cierto sitio, se encontraron de pronto con que la pala se hundió en lo que parecía ser un pozo tapado. Al retirar las piedras y la tierra de la entrada, dieron de pronto con la parte superior de un tiro que parecía ser de un pozo o de un túnel.

Los muchachos, entusiasmados, hablaban y hablaban de las muchas leyendas e historias que se contaban en el pueblo acerca de la existencia de unos túneles que, en la época colonial, comunicaban a algunas haciendas entre sí para transitar por ellos a salvo de gavilleros y asaltantes, pues movían fuertes sumas de dinero de un sitio a otro.

Dejaron para el día siguiente hacer el intento de penetrar por el tiro, pues se veía piso sólido apenas a unos dos o tres metros bajo el nivel del suelo y, en apariencia, no había agua.

Provistos de equipo, los tres muchachos y Saúl entraron al tiro de lo que resultó ser, en efecto, una parte de un túnel.

Emocionados, recorrieron cosa de dos kilómetros en un sentido antes de regresar y recorrer hacia el otro lado unos 500 metros, distancia en la cual encontraron una excavación más amplia, como un descanso, antes de que el túnel continuara.

Saúl notó que en las paredes había algunas lozas sobrepuestas. Junto con los muchachos, hizo toda clase de conjeturas.

Uno de ellos dijo que tal vez eran tumbas; otro dijo que habría armas y el tercero, junto con Saúl, casi al mismo tiempo, pero en voz apenas audible, mencionaron la misma palabra: Tesoros.

Fue como una señal para comenzar a desprender las lozas. Para su sorpresa, encontraron ollas de barro repletas de monedas de oro, centenarios y algunas de otro valor, acuñadas durante los primeros años de la Nueva España en la Casa de Moneda de Guadalajara.

No hubo euforia y los tres muchachos se quedaron a la expectativa. Sabían bien que el dueño de los terrenos era Saúl Rivera y, por tanto, era el propietario de los tesoros ahí encontrados.

Saúl pensó las cosas y recordó las palabras de su tío, cuando se le apareció en San Luis Potosí, en donde, por cierto, también se habla de la existencia de túneles bajo la ciudad. Sin más trámite, les dijo:

—Ustedes son tan afortunados como yo. Voy a repartirles una parte de todo esto. Separaremos otra parte para costear las casas que vamos a hacer y, según cuánto encontremos, tomaremos decisiones entre los cuatro acerca de cómo aplicar este tesoro en beneficio de los que lo necesiten.

No hubo comentarios y Saúl repartió el tesoro, que se componía de 30 ollas de barro repletas de oro.

—Vamos a cerrar el acceso —dijo—. Ustedes, prometan guardar el secreto y de esa manera no despertaremos envidias ni deseos malsanos de nadie.

Fueron necesarios varios viajes para poner a buen resguardo el dinero y, poco a poco, sin que se notara para nada su felicidad, los muchachos continuaron su labor de desmontar, construir y darle hogar a muchos necesitados.

El síndico de "Los pozos" fue el primer sorprendido al ver que Saúl repartía casitas y no sólo eso, sino que entregó todos los terrenos adjuntos en parcelas a quienes estuvieran dispuestos a hacer producir la tierra. Nunca olvidó las palabras del tío Pedro.

Saúl vendió y regaló todo lo que recibió, pero el dinero, que resultó muchísimo, le sirvió para comprar algunas propiedades en la Ciudad de México, a donde se retiró, joven aún, de toda actividad de trabajo, rico y satisfecho. Siempre recordó que su propio tío le dio la pauta para su actuación en aquel extraño encuentro que tuvo con él en la ciudad de San Luis Potosí. Bueno, para ser más precisos, con el fantasma de su tío Pedro.

El misterio de la casa de la bruja

Consuelo Sánchez era una chica muy moderna. Se vestía conforme a los dictados de la moda y siempre usaba ropa de la mejor calidad. Sus modales eran muy estudiados y su modo de hablar era peculiar, pues elevaba el tono de su voz al final de cada frase y utilizaba mucho el famoso "¿ves?", muy de moda entre algunas personas que tratan de distinguirse así de los demás, a quienes ven con cierto desprecio, y se felicitan siempre por tener a quién discriminar o, por lo menos, a quién ver desde lo alto de su falsa posición.

Consuelo manejaba un automóvil del año, aunque no de un modelo caro, pero al menos podía trasladarse a su trabajo en algo que no fuera el transporte público.

Siempre traía consigo una *lap top*, un teléfono celular con los últimos adelantos en la tecnología de la comunicación y, aunque el uso que le daba a la computadora era limitado, por lo menos hacía que todos la miraran mientras abría su maquinita incluso para las cosas más intrascendentes.

De familia de clase media, al menos podría decirse que toda su ropa, su coche, sus joyitas y sus juguetitos los había adquirido con el producto de su trabajo, en apariencia.

Su pareja, que trabajaba para una importante empresa propiedad de un amigo suyo, le había conseguido un puesto como gerente de ventas, con un salario desproporcionado a su verdadera capacidad, pero que probablemente podría conservar durante algún tiempo, al menos mientras su novio la apoyara.

Consuelo era una de esas personas que rápido se hacen de enemigos por su carácter, sus ideas y porque no aceptaba para nada que alguien le diera un consejo sano.

Mujer al fin, con criterio un poco egocéntrico, utilizaba sus encantos para lograr que algunos clientes inclinaran la balanza a su favor y dejaran a un lado a los ejecutivos de ventas que los habían atendido por años.

Nada anormal; mujer bonita, altanera, sin detenerse en aplastar a quien se le interpusiera con tal de lograr sus fines, déspota y nada bondadosa, Consuelo llevaba, al menos, una vida intrascendente pero dentro de la normalidad.

Para trasladarse a su oficina, Consuelo utilizaba siempre la misma ruta. Salía de su casa a las 9:00 en punto de la mañana y sólo se tardaba unos 15 minutos en llegar.

Todos los días pasaba por un crucero en donde la tardanza de la luz del semáforo la hacía perder un par de minutos, al circular por una avenida con un ancho camellón y bastante tráfico.

Un día, descubrió que en dicho camellón estaba siempre una mujer, no precisamente indigente, pero sí vestida con austeridad. Llevaba un rebozo, cosa que le llamaba la atención, pues ya casi nadie lo usa, una falda negra y zapatos deslucidos, además de una blusa de puntos y un suéter negro.

El rostro de la mujer era algo duro, como si llevara a cuestas alguna pesada carga emotiva. No sonreía y, aunque al parecer se dedicaba a solicitar ayuda a los automovilistas, a ella nunca se le acercó con ese fin. Sólo la miraba desde unos diez metros de distancia, con las manos siempre detrás de su cuerpo.

Consuelo también la miraba y ya comenzaba a llamarle la atención la extraña presencia de aquella mujer, a quien le calculó unos 70 años, por lo menos.

Los días pasaban y la mujer continuaba ahí todos los días, sin acercarse, y sólo la miraba de una manera que ya comenzaba a molestarle.

Por eso decidió cambiar de ruta y un día tomó otra calle, que le hacía rodear un poco, pero que también podía utilizar para llegar a su trabajo.

Ese día, la chica decidió salir temprano de su casa para desayunar con sus amigas antes de llegar a la oficina. La mañana era lluviosa, los automóviles aún circulaban con las luces encendidas y la guapa mujer encendió la radio a volumen superior al que acostumbraba, con la intención de escuchar música agradable.

La nueva ruta la hizo concentrarse en la duración de la luz del semáforo y, al llegar a un crucero, tuvo que detenerse por ese motivo.

Consuelo volteó hacia la banqueta y ahí, bajo la lluvia, estaba la mujer. ¡No había duda! ¡Se trataba de la misma persona a la que veía todos los días en la otra ruta!

De momento, sólo le vino a la mente un pensamiento: se imaginaba que a esa hora era posible que la mujer acostumbrara pararse en esa esquina y sólo un poco más tarde se fuera a la avenida del camellón.

Con esa idea continuó su marcha, cuando el conductor del único automóvil que estaba detrás de ella comenzó a hacer sonar el claxon, para pedirle que atendiera a la luz verde.

Consuelo puso la velocidad y salió a toda marcha hacia el frente. No se detuvo sino hasta llegar al edificio de oficinas donde trabajaba y en donde había quedado de encontrarse con sus amigas.

Sus compañeras le preguntaron de inmediato si le pasaba algo al ver su cara de enojada.

—No, un imbécil me venía dando lata... ya sabes... no faltan.

Durante el desayuno trató de hablar con calma y de ocultar que algo la inquietaba, pues no estaba dispuesta a platicar lo que le ocurría por temor a que se burlaran de ella.

Sin embargo, ahora, fuera la hora que fuera, la ruta que tomara y el tiempo que se detuviera en el semáforo, Consuelo no dejaba de encontrarse con aquella misteriosa mujer, cosa que ya la tenía en un estado de nervios que casi llegaba al histerismo.

En ocasiones sentía deseos de bajar del auto y encararla pero, la verdad sea dicha, nunca se atrevió a hacerlo.

Esa tarde, al regresar a su casa, se iba a encerrar en su habitación, como lo había hecho durante las últimas semanas, cuando su madre le entregó una carta certificada igual a la que ella también había recibido.

Consuelo abrió el sobre y se sorprendió, primero, al ver un sello oficial, y luego, al leer el contenido de la misiva enviada por un notario público de la ciudad de Acámbaro, en el estado de Guanajuato, aunque ya muy próxima a Michoacán.

En pocas palabras, le informaban que había heredado una casa, propiedad de una tía abuela, y que era requerida en un juzgado para llevar al cabo los trámites del testamento.

Sorprendida, mostró la carta a su madre y pudo notar en ella un gesto que también mostraba algo de sorpresa y mucho de tristeza.

—De modo que mi tía te dejó a ti la casa. Ten en cuenta que son muchas las cosas que se dicen de esa finca y, sobre todo, de tu tía... no eches en saco roto los comentarios y los consejos de la gente.

Consuelo no comprendió la razón de tales palabras y, sin decir más nada, dio media vuelta y se encerró en su cuarto. Hizo caso omiso de su madre, quien le ofrecía algo para cenar.

La chica decidió ir al día siguiente a la cercana Acámbaro y, para el efecto, convenció a su novio de que fueran juntos.

Ambos fueron a la oficina durante la mañana y, después de comer, tomaron la carretera que los llevó, en cosa de tres horas, a la tranquila ciudad guanajuatense.

Al llegar, decidieron ir primero a ver la dichosa casa, que estaba casi en el centro de la ciudad, antes de visitar al notario, a quien seguro esperaban ver al día siguiente.

Con facilidad llegaron al domicilio y se encontraron con una construcción vieja, pero en muy buen estado.

Llamaron a la puerta con un aldabón en forma de manita y, en pocos segundos, ésta se abrió y dejó ver en el interior a un hombre, anciano ya, que sostenía una vela y una cajita de cerillos mientras la veía con la mirada fija.

—¿Es usted Consuelo? —le dijo.

—Sí, y él es mi esposo —contestó la chica.

—Pasen —dijo el anciano—. Les prepararé su habitación; por ahora no tenemos la luz conectada, aunque hay suficientes velas y dos quinqués.

—No, no —se apresuró a contestar Consuelo—, nos quedaremos en algún hotel, no se moleste por nosotros.

El hombre ni siquiera hizo algún gesto, simplemente encendió la vela y luego comenzó a encender otras que había en candelabros para ocho o diez ceras.

Muy pronto había suficiente luz como para poder ver la casa.

Carlos, el novio de Consuelo, estaba fascinado con la arquitectura de la mansión y con los muebles que había en ella.

Le encantó una enorme chimenea en el centro de una pared que sostenía un techo bastante alto, del que colgaba un candil de prismas inmaculadamente limpio, como todo lo demás.

Sin disimular su entusiasmo, miraba cada una de las cosas que había y hacía comentarios elogiosos acerca del estilo y procedencia de algunas cosas, pues, en efecto, había pinturas, muchas piezas de cristal cortado y figuras de lladró, un piano de cola y candiles por todos lados.

Entusiasmado, Carlos le pidió al anciano que le mostrara la parte superior, que se imaginaba bellísima.

Iban a subir cuando Consuelo se detuvo con el rostro pálido y la expresión congelada, como si hubiera recibido un golpe tremendo.

En efecto, lo que veía le había producido justo ese sentimiento, como si alguna fuerza extraña la hubiera golpeado con fuerza en el estómago. Consuelo, petrificada, no tenía capacidad para pronunciar palabra alguna, sólo miraba fijo una pintura colocada a un lado de la chimenea.

—Es doña Consuelo Luna Olmedo y Torres, la fallecida patrona de esta casa y quien se la heredó a usted.

Carlos tuvo que sujetar a la chica, quien daba la impresión de que iba a derrumbarse sin remedio. La sacudió un poco para preguntarle qué le sucedía y le pidió un vaso de agua al cuidador de la casa.

Consuelo apenas pudo articular palabra. Sin dejar de mirar la pintura, dijo, con voz casi agónica:

—Es... la mujer... la que veo todos los días... en la calle... indigente, creo, pide limosna o... o no sé... pero siempre me ve...

Carlos no entendía lo que la chica decía, sólo preocupado por tratar de que por lo menos volviera a su color y se calmara. Se daba perfecta cuenta de que algo tremendo la había alterado, al grado de ponerla en ese estado.

Consuelo dijo que quería salir a la calle a toda costa y Carlos se apresuró a llevarla al coche.

El anciano sólo dijo que la habitación estaría lista en cualquier momento, como si diera por hecho que regresarían a quedarse.

Consuelo relató entonces a Carlos todos esos encuentros con la mujer en el crucero, a poco de salir de su casa, y de la tremenda impresión que se llevó al poder identificarla, sin duda alguna, en la pintura que representaba a su tía abuela.

Carlos decidió llevarla con algún médico para que le recomendara un calmante, y se dirigió a una clínica particular en busca de alguno.

Al explicarle a la secretaria del doctor el motivo de su consulta, ésta comentó de súbito, sin proponérselo en realidad, que si ella era la heredera de la casa de la bruja.

Carlos, molesto, le pidió que le explicara el motivo de sus palabras.

La chica no se inmutó y le comentó que en esa casa habitaba una mujer muy bella, pero de quien se decía que tenía pacto con el demonio y que practicaba la magia negra. Era muy temida, pues la gente murmuraba que en la famosa casa se hacían toda clase de ritos satánicos y que, a veces, a medianoche, se escuchaban lamentos y gritos lastimeros.

También le dijo que la gente decía que había un secreto, una especie de maldición, la voluntad de la bruja de dejar la propiedad con todo lo que se practicaba ahí, a una persona de su familia que fuera lo suficientemente mala para continuar ejerciendo los poderes de la famosa bruja, que acababa de cumplir 100 años, término que se le había fijado para permanecer en este mundo.

Carlos no se dio cuenta de que Consuelo estaba demasiado cerca de él y que había escuchado todo lo que la enfermera le decía; sin embargo, sin previo aviso, se le acercó, le sonrió y le dijo que no creyera mucho en las exageraciones de la gente.

Con palabras melosas, se colgó de su brazo y le dijo que no era necesario ver a ningún doctor, pues ahora se sentía muy bien. Incluso, le dijo, deseaba ir a la casa y pasar la noche ahí para que se disiparan todas sus dudas.

Carlos fue quien titubeó un poco pero, ante la mirada tranquila y lánguida de Consuelo, optó por dejar las cosas así y regresar al auto.

Poco después, llegaban de nuevo a la casa, en donde el anciano ya tenía lista la habitación, suficientes velas e incluso una fuente con frutas, así como una humeante jarra de chocolate y algunas piezas de pan.

Consuelo estaba tranquila, sonriente y hasta un poco juguetona, cosa que trasmitió a Carlos, quien pronto recuperó también la calma y hasta olvidó el incidente de la llegada.

Después de un rato, subieron a la recámara.

—¿Sabes una cosa?—dijo ella.

—¿Qué?

—Aquí no hay televisión... ni siquiera luz, pero me parece romántico tomar un baño alumbrados por veladoras, vi muchas por la casa, luego nos meteremos a la cama y te aseguro que no vas a olvidar esta noche.

—Me parece perfecto —dijo él—. Como esto no estaba en nuestros planes, hay que disfrutarlo en grande, como sólo se disfruta lo inesperado.

Así lo hicieron y muy pronto se olvidaron del mundo exterior, concentrados en otorgarse lo mejor de sus caricias.

Exhaustos y felices, miraron hacia el techo, donde se reflejaba el candil con un movimiento curioso provocado por la luz parpadeante de las velas.

En ese momento, se escucharon doce campanadas, muy sonoras, producidas por un enorme reloj en la sala de la casa.

Consuelo se puso de pie y se echó encima sólo una ligera bata, casi transparente. Con una seña, le pidió a Carlos que la siguiera.

Consuelo bajó a la planta inferior y luego abrió una puerta que Carlos no había visto, al otro lado de la chimenea, y penetró por ella para luego descender por una larguísima escalera.

Estaban en un amplio salón de techo altísimo, sostenido por cuatro columnas majestuosas en lo que era un sótano clásico, aunque muy profundo.

Ahí se llevó a cabo una extraña ceremonia en la que la mujer, aquella que Consuelo veía en los últimos días al ir a la oficina y que ahora portaba un vestido blanco, para no entrar en detalles, sólo diremos que la "ordenó" como sacerdotisa del mal y le entregó una especie de cetro, que daba la impresión de ser un largo hueso humano.

Consuelo aceptó todo lo que la mujer le indicaba y se comprometió a continuar la tradición de la tía abuela.

Poco a poco, las velas y veladoras se apagaron solas mientras Consuelo y Carlos ascendían los peldaños de la larga escalera hasta llegar a la planta baja de la casa.

Ahí, Consuelo le preguntó a Carlos qué opinaba de todo lo que había visto.

Carlos no supo qué decir, pues no recordaba nada.

Consuelo le informó entonces que ella ya no regresaría a México y que él, su amante o novio, como se le quiera decir, estaba en libertad de irse o quedarse con ella, en cuyo caso, se sujetaría a las reglas de las prácticas que de ahora en adelante llevaría a cabo la heredera de la bruja.

Carlos estuvo solamente un par de días en la capital, tomó sus efectos personales y cerró sus cuentas en los bancos, después de retirar todo lo que tenía. Luego regresó a vivir con su diabólica mujer, la nueva bruja de la casa de Acámbaro.

El amigo imaginario

Sus papás le dicen Pepillo, pero se llama José de Jesús Álvarez y tiene sólo cuatro años de edad. La familia Álvarez vive en una casa de clase media en el famoso barrio de San Luisito, en Monterrey, la bella capital del estado de Nuevo León.

Pepillo es hijo único, pues sus padres no han tenido la fortuna de verse favorecidos con otro vástago a pesar de desearlo con toda el alma.

Quizá el niño también comparte el sentimiento de sus padres y desea tener un hermanito, razón por la cual, al parecer, se inventó un amigo imaginario.

Sin embargo, sus padres no recuerdan haber hablado de sus deseos de tener otro bebé en presencia del niño y, desde luego, tener amigos imaginarios es mucho más común de lo que parece.

Muchos niños experimentan esa sensación y hay algunos que hasta llevan las cosas al extremo de hacer que sus pensamientos se conviertan en una realidad.

El amigo imaginario de este niño tiene nombre. Él le dice Jako y no sabemos si es un apodo, si lo escuchó en alguna parte o simplemente le vino a la mente de forma espontánea.

Al principio, a sus padres, a los conocidos y a sus abuelos les hacía mucha gracia que el niño hablara de su amigo con una vehemencia tal que realmente hablaba de un niño de verdad.

Pepillo le pedía a su mamá que permitiera que Jako los acompañara en la mesa y no fueron pocas las ocasiones en las que el niño, totalmente alejado de la conversación normal, "platicaba" con Jako y, de vez en cuando, soltaba tremendas carcajadas cuando su amigo le contaba algo que le hacía gracia.

Samuel, el padre y Marita, la mamá del niño, se habían ya acostumbrado a la situación al grado de que llegó el momento en que hacían caso omiso de lo que su hijo platicaba, le daban por su lado y le llevaban la corriente en todo, hasta que...

Un buen día, estaban los padres sentados a la mesa del comedor en una agradable sobremesa, que mucho disfrutaba Samuel, sobre todo, cuando tenía tiempo disponible antes de regresar al trabajo.

Marita les había preparado una estupenda comida, como de costumbre, y ambos disfrutaban de una humeante taza de café.

El chamaco estaba sentado a un lado de su madre, en un costado de la mesa, y ambos tenían frente a ellos la sala y, a la derecha, entre el comedor y dicha sala, el inicio de la escalera que conduce al segundo piso, en donde están las dos únicas recámaras, la del matrimonio y la del niño, quien ya tenía su propio espacio.

De pronto, una pelota rodó por la escalera, proveniente, sin duda alguna, de la planta alta.

Los papás del niño se quedaron atónitos sin poderse explicar lo que pasó. Pepillo, sin embargo, se bajó de la silla y, riendo a carcajadas, subió hacia su recámara, mientras le gritaba a Jako.

El caso era muy extraño, no había manera de que la pelota se hubiera puesto en movimiento por sí sola y, desde luego, sabían perfectamente que no había ninguna otra persona en casa.

Samuel no atinaba a decir palabra mientras Marita se levantaba lento para dirigirse a la recámara del niño. Procuró que éste no escuchara sus pisadas.

Lo encontró en el piso y con la pelota en las manos, mientras platicaba con alguien que sólo él veía.

Sin embargo, en ese momento, Marita se dio cuenta de que, seguro por su presencia, el fenómeno había terminado porque Pepillo comenzó a llamar a su amigo y a pedirle que no se fuera. Al fin, arrojó la pelota al piso y regresó a la sala.

Durante algunos días, el niño parecía estar algo triste, pero, de pronto, cuando menos lo esperaban, de nuevo surgieron las risas espontáneas en la habitación infantil. El único comentario del papá, que leía un libro en su cómodo sillón reclinable, fue en el sentido de que Jako había regresado.

Otra vez todo era normal. Pepillo platicaba animadamente con su amigo imaginario, a veces durante las primeras horas del día, y en ocasiones a la medianoche, cosa que era lo que más preocupaba a sus papás pero, de ahí en fuera, nada que no hubieran ya experimentado con el famoso Jako.

Un buen día, la pequeña familia acudió a un centro comercial para hacer las compras de la semana y, de pronto, Pepillo se puso muy inquieto y miraba para todos lados con ojos de sorpresa. No decía nada, sólo se aferraba al carrito del autoservicio con una fuerza desmedida, mientras sus pupilas parecían salirse de sus órbitas.

Sus padres se asustaron muchísimo al ver que el pequeño casi se convulsionaba porque, sin duda alguna, recibía una muy fuerte impresión.

Preocupada, Marita le preguntó qué le pasaba, a lo que el niño respondió, con lágrimas en los ojos:

—Mamá, Jako está sangrando mucho... lo golpeó su mamá... y se lo dio a esa mujer para que lo sacara de la casa... pero... creo que iba desmayado...

Lo primero que sorprendió a sus padres fue la correcta pronunciación de todas y cada una de las palabras que el niño expresó y que permitió a sus padres entenderlo a la perfección desde el principio, pues continuaron con las preguntas y el niño respondía siempre con claridad.

Cuando regresaron a la casa, Pepillo corrió a su habitación y llamó a gritos a Jako, sin obtener respuesta.

El chico, muy alterado, insistía en que su amigo imaginario estaba en dificultades.

Durante todo el día, Pepillo lloró sin que nada lo consolara y, por la tarde, la madre notó que tenía temperatura alta.

Cuando llegó el médico de la familia, a quien pusieron al corriente de todo, desde el principio, le dio un calmante ligero al niño y luego recomendó a los padres que vieran a un psiquiatra, pues el problema era más que obvio.

La familia había llegado a aquella casa apenas un par de años antes, cuando Pepillo era un bebé. Sin embargo, ni siquiera recordaban cómo sabían que en la casa contigua había vivido una familia con un niño más o menos de esa edad.

Samuel se dio a la tarea de preguntar, en todas las casas vecinas, acerca de quiénes habían habitado esa casa, en un intento por llegar a algo que le permitiera tener una idea más clara de las cosas.

El padre de la familia que vivía enfrente respondió que ellos tenían apenas tres años allí, pero que sabía que había estado desocupada por algunos años.

Sin embargo, otra vecina, una señora de nombre Rosalinda, había tenido, según le dijeron, más contacto con la familia, pero se había retirado del empleo más o menos por esos años y había regresado a su pueblo, cerca de San Diego de la Unión, que pertenece al estado de Guanajuato, pero muy próximo a San Luis Potosí.

Por casualidad, Samuel conocía el pueblo y, junto con su esposa e hijo, decidieron ir el siguiente fin de semana a tratar de localizar a la señora Rosalinda, sólo para saber algo más de la familia que, por ahora, atraía la atención del matrimonio sin que hubiera una explicación lógica para ello.

Por eso, cuando se presentaron, casi sin problemas, en la casa de la señora Rosalinda, ésta se llevó una enorme sorpresa al ser inquirida por los papás de Pepillo, quienes le explicaron que habían viajado desde la Ciudad de México sólo para verla y que contestara algunas preguntas que los sacaran de dudas.

La señora se excusó un momento y entró a la recámara de la casa. En ese momento, aprovechó Samuel para echar una mirada a su alrededor y constatar que había muebles de alto precio, televisión, buenas alfombras, calentadores en una chimenea y, desde donde estaba, alcanzaba a ver una completa cocina integral, con todo lo que una ama de casa necesita.

En voz baja le comentó a su mujer que Rosalinda vivía bastante bien y fue en ese momento que notó que su hijo sudaba mucho, a pesar del frío que hacía.

También notó que temblaba y que se sujetaba a la falda de la mamá para tratar de esconderse, con el miedo pintado en su carita.

La mujer les dio escasa información, pero suficiente como para saber que el niño había tenido un accidente y que, por esa razón, la familia había decidido dejar la casa. Un domingo simplemente se cambiaron, sin dejar dicho a dónde se irían.

Al salir, Pepillo dio rienda suelta al llanto y volvió a ponerse muy nervioso.

—Esa señora —dijo— es la que envolvió a Jako y se lo llevó después de que su mamá lo golpeó con una cacerola pesada.

Samuel y Marita se quedaron atónitos. La revelación del niño los ponía en una situación muy delicada, pero fue el psiquiatra quien les sugirió hacerlo del conocimiento de las autoridades, para que se llevara a cabo alguna investigación.

Pepillo perdió el apetito, no tenía mayor interés en nada, su mirada era triste todo el día y la mayor parte del tiempo sólo dormía, ante la desesperación de sus padres y los esfuerzos del psiquiatra por encontrar la solución.

Una tarde se presentaron dos personas que dijeron ser agentes de policía y le informaron a Samuel que, en efecto, habían llevado a cabo una investigación acerca del caso de la señora Rosalinda quien, sin mucho esfuerzo, acabó por confesar toda la verdad.

La mamá de Jako, de nombre Ana, golpeaba con frecuencia a su hijo pues, a veces, por las tardes, ingería más alcohol de la cuenta y perdía el control de sus actos.

Rosalinda le ayudaba a lavar y planchar la ropa una o dos veces por semana y estuvo presente el día en que a la señora se le pasó la mano con el niño y lo golpeó salvajemente, hasta que el pequeño falleció.

Rosalinda, ni tarda ni perezosa, se ofreció para cubrir las apariencias y, a cambio de una fuerte suma de dinero, le ofreció llevarse al niño a su pueblo para darle sepultura y evitar que las autoridades la metieran a la cárcel.

La mujer no estaba tan ebria como para ver una solución muy adecuada en la oferta de la vecina e hizo el trato sin más.

Sólo un par de días después, salieron de la casa con todos sus muebles y dieron como pretexto que tenían que irse de improviso a Yucatán, donde habían surgido problemas familiares y en donde, de ahora en adelante, tendrían que residir.

Rosalinda se llevó el cadáver de Jako y lo sepultó en su propia casa, en el corral de la parte posterior.

Con el dinero que le dieron, compró muebles y toda clase de enseres, arregló pisos, paredes, techos y hasta una barda alta.

Ahora, la mujer estaba detenida y la policía estaba ya tras la huella de los padres de Jako a quienes localizaron poco después, sin mayores dificultades, en un edificio de una colonia al norte de la capital, gracias a la información de la propia Rosalinda.

Samuel, el papá, se congratuló de ser parte fundamental en la investigación y lo felicitaron los agentes por haber tenido la intuición de ir al pueblo de la mujer a buscarla.

Al día siguiente, Pepillo despertó y se levantó feliz, pues desayunó con muchas ganas y bromeó un poco con su madre.

Contentos, sus papás le preguntaron la causa de su repentina felicidad, a lo que el niño respondió:

—Vino Jako, me dijo que estaba bien pero que estaría lejos por un tiempo; me aseguró que, aunque será hasta dentro de muchos años, un día volveremos a encontrarnos.

Samuel y Marita no estaban muy enterados de los fenómenos de este tipo que, por otra parte, suelen ser más frecuentes de lo que se piensa. Sin embargo, la gran experiencia que vivieron gracias a la indudable sensibilidad de su hijo, resultó muy útil para ellos y para los psicólogos que intervinieron en el caso.

Pepillo y Jako estaban seguros de que volverían a encontrarse en algún lugar en donde el tiempo y la distancia no sean obstáculos. También Samuel y Marita, quienes ya no dudaron nunca del amigo imaginario de su hijo.

La ouija

Cuando Martha Elizondo programó su viaje a la ciudad de San Luis Potosí para visitar a sus parientes, que, por cierto, son muchos, acudió primero a algunas tiendas del centro de la capital para comprar algunos regalos para las primas, tías y sobrinas de quienes se acordaba mejor.

En su recorrido por las tiendas del rumbo de La Merced, adquirió juguetes, algunos juegos de mesa y varios artículos más, entre ellos una ouija, que estaba entre muchos otros juegos.

Cuando llegó a San Luis Potosí, repartió los regalos y la "afortunada" en recibir la ouija, sin que a nadie pareciera causarle mayor impacto, fue a Laurita, de diez años, hija de su prima Mónica, chica retraída, de pocas palabras, muy estudiosa, hija única y sin más problema en la vida que prepararse para los años venideros.

Laurita se interesó mucho por aquel "juguete" y, al parecer, encontró la forma de seguir las instrucciones de funcionamiento de la famosa tabla. Sin embargo, su mismo retraimiento le impedía tener muchas amigas y se pasaba el día entero en su habitación, ocupada en sus estudios y en divertirse con algunos juegos de video.

La abuelita Rosario, quien también vivía en la misma casa pues era la propietaria, era quien en la práctica se hacía cargo de todos los gastos, como luz, agua, gas, etcétera, pero de súbito cayó enferma y, poco a poco, su estado de salud fue más grave. La casa, donde sólo habitaban las tres mujeres, se tornó silenciosa, fría y hasta un poco sombría, pues las sirvientas cerraban las ventanas para cuidar a la abuela enferma.

Médicos iban y venían; los diagnósticos no eran nada favorables; cada día que pasaba, el estado de salud de la abuela se deterioraba a todas luces. Por fin, una fría tarde de enero, sucedió lo inevitable: la abuela falleció ante el desconsuelo y las lágrimas de su hija Mónica y, por supuesto, de la niña Laurita.

A la casa acudieron muchos parientes, unos sólo para expresar sus condolencias y otros, francamente, para ver si la tía Rosario les había dejado algo en el testamento. Mónica sabía que había un testamento, porque estuvo presente cuando su madre lo redactó, pero éste no se encontró por ningún lado.

Mónica logró abrir la caja fuerte y, aunque había una buena suma de dinero en efectivo, el resto estaba en títulos financieros que seguro eran el patrimonio de la abuela, pero no el testamento, sin el cual no sólo se corría el riesgo de no recuperar la herencia, sino de perderla, pues podría declararse un intestado.

La búsqueda se extendió por todos los rincones de la casa. Mónica y Laurita revisaron a conciencia cada rincón de la enorme recámara de la abuela, mientras otros primos y tíos se encargaron de revisar la casa entera; inclusive hicieron algunas perforaciones en las paredes, en donde suponían que había alguna cavidad oculta.

Total, el documento del testamento no apareció nunca. Se llegó a pensar que la abuela nunca había firmado tal cosa.

Una tarde se reunió toda la familia junto con algunos abogados para discutir el asunto que tanto les preocupaba y, aunque Laurita intentó entrar al salón donde estaba toda la familia, le impidieron el paso por el solo hecho de ser niña. Sin embargo, Laurita, con toda calma, les dijo que ella sabía que estaban buscando el testamento, que era muy importante para todos. Lo que más les sorprendió fue que la niña dijo, con absoluta seriedad, que ella ya sabía dónde estaba el testamento.

Al principio todos la miraron con un gesto de incredulidad y sorpresa, hasta que Mónica, su mamá, se acercó a ella y, con voz muy baja, le dijo:

—Laurita, fíjate bien lo que dices porque esto no es un juego. Mejor ve a tu cuarto a dormir y más tarde te iré a ver.

La niña, con mucho aplomo, le dijo a su mamá, también en voz muy baja:

—Si quieres, me voy; aunque el testamento está frente a todos ustedes, no creo que se den cuenta del lugar exacto donde está, de modo que me necesitan; quiero entrar y enterarme de la última voluntad de mi abuela y, si es así, les digo dónde está el sobre que contiene el testamento.

Mónica se quedó pensativa y luego se dirigió con la niña hacia el salón. Todos la miraban expectantes, mientras la niña se sentaba en una butaca. Con toda calma les dijo:

—El reloj... el reloj Grand Father tiene doble tapa en la parte interior de abajo; levántenla y ahí está el sobre.

Tres o cuatro de los parientes se abalanzaron al reloj y, casi a empujones, un tío levantó la cubierta del doble fondo del mueble del reloj y encontró el sobre.

El notario pidió entonces que le fuera entregado el documento y, en presencia de todos, lo abrió. Enseguida dijo, con voz solemne:

—En efecto, éste es el documento que la señora Rosario redactó en mi presencia, en el que aparece su última voluntad, su firma y la mía. Doy fe de que en ese momento atendí la última voluntad de la señora; por tanto, ahora mismo voy a dar lectura al testamento de la señora Rosario Gómez Arceo.

Todos contuvieron la respiración, guardaron silencio y se acomodaron de la mejor forma posible para escuchar con atención lo que el notario tenía que decir: primero, mencionó cantidades de dinero fijas que debían ser entregadas a unas ocho o diez personas de las presentes, incluso a dos miembros de la servidumbre: Lolita, una anciana ya de 75 años que había sido su nana y que permaneció en la casa desde entonces, y a Rosita, su cocinera de confianza. Enseguida, dijo que el total de sus bienes pasarían de inmediato a manos de su hija Mónica y que, al cumplir Laurita 18 años de edad, también le sería entregada una parte correspondiente a la mitad de ellos que, por lo pronto, administraría su mamá.

Como era de esperarse, hubo algunas personas contentas; otras, no tanto, y otras francamente molestas por no ser favorecidas por la herencia.

Cuando todos se retiraron, Mónica se acercó a su hija y le preguntó cómo sabía dónde estaba el sobre y por qué había dejado que todo el mundo lo buscara por toda la casa antes de decirlo.

La explicación de la niña fue muy simple:

—Yo no lo sabía, pero anoche hablé con mi abuelita y ella me dijo dónde estaba el sobre. El resto ya lo conoces.

Mónica sintió como si un frío intenso le recorriera toda la espina dorsal al escuchar a su hija hablar con tanta calma de un hecho que, seguro, la niña ya comprendía bien.

—¿Me puedes explicar eso? —le dijo.

—Sí, claro —dijo la niña—. Mira, yo tengo esta tabla, se llama ouija; a través de ella me puedo comunicar con personas que no son de este mundo, como mi abuela. ¿Quieres que te enseñe cómo se hace? ¿Quieres hablar con... con tu mami?

Mónica sintió que se le doblaban las piernas además de un agudo dolor en la boca del estómago, pero encontró fuerzas para responderle a su hija que sí deseaba hacer la prueba.

La niña sacó la tabla y le mostró a su madre cómo conducir el triangulo de madera y deslizarlo, casi sin sentir, sobre números y letras impresos en la tabla, además de las respuestas "sí" o "no".

—Vamos... mamita... pregúntale algo.

Mónica preguntó algo que nadie supiera.

—¿Qué pasó... con... Romualdo, mi perrito?

La respuesta llegó letra por letra. La tabla dijo: "Murió. Accidente. Atropellado en el jardín".

Mónica dio un salto hacia atrás y, aterrorizada ante la evidencia, comenzó a transpirar y sus movimientos se hicieron casi convulsivos. La boca se le secó y apenas podía hablar.

Por un momento, su mente se nubló de tal forma que no alcanzaba a oír nada, ni a sentir las manos de su hija que le acariciaban la cabeza, al tiempo que le preguntaba si se encontraba bien.

Mónica reaccionó y miró la tabla, que parecía llamarla para continuar con una conversación casi macabra.

Decidida, Mónica la tomó con delicadeza y la guardó en su caja. Luego le dijo a su hija que ella se haría cargo de guardarla en su clóset para que a nadie se le ocurriera hablar con la abuela. ¡Sería el secreto de las dos, madre e hija!

Hay muchas opiniones acerca de la famosa tabla. Unos la califican de diabólica; otros, de instrumento para comunicarse al más allá; y otros más que consideran que es sólo un juguete.

Para Laurita fue un medio para comunicarse con su abuela y no le dio connotación alguna. Cuando su mamá le pidió la caja que contenía la tabla ouija, Laurita no se opuso a entregársela; sólo sonrió y le dijo:

—No hay problema, yo hablo con mi abuela de todos modos.

Una historia de Navidad

En la ciudad de San Luis Potosí son muchos los niños que cada año preparan su carta, sí, al famoso viejito de las barbas blancas.

Algunas personas le dicen "Santiclos"; otras le llaman "Santa Claus" y otras simplemente le llaman "Santa".

Aunque la tradición de pedirles algo a los Tres Reyes Magos es una celebración de dulces y juguetes, el 24 de diciembre es una fiesta, casi siempre, sólo de juguetes.

Esta historia sucedió en plena Navidad, una de esas temporadas de frío intenso. En esta ciudad, la gente le dice con gracia "frío matacabras".

Quienes tienen un hogar dónde pasar la Nochebuena, ni siquiera piensan en los que se conforman con un buen jarro de atole y mucho frío.

Sin embargo, una joven mujer, casada con un rico terrateniente, preparaba desde el mes de octubre gran cantidad de regalos para repartirlos entre la gente más necesitada, principalmente los niños.

Ella, de nombre Marina, no deseaba más que ver a los mocositos con un juguete o una muñeca en las manos, y sólo en algunas ocasiones les obsequiaba un suéter o una cobija.

Sus amistades, que eran muchas, se dieron cuenta de la labor de Marina y, poco a poco, participaron con ella. Así aumentó la cantidad de regalos que se juntaban para la celebración.

Todos los juguetes eran llevados a la Iglesia de la Compañía, donde los sacerdotes, muy amigos de ella, eran los encargados de repartirlos.

El día 25, muy temprano, después de la gélida misa de ocho, se formaba una larga fila de niños y niñas que se acercaban a la puerta de la iglesia, ansiosos por ver qué regalo les tocaba.

Nadie se salía de la fila, pero las caritas ansiosas de todos se asomaban y rompían la línea entre la fila y la plaza de los fundadores.

Todos estaban felices, pero tal vez más el joven párroco, quien no cesaba de bendecir a Marina y de dar gracias a Dios por tener el enorme gusto de ser portador de un poquito de felicidad.

Doña Carmen, quien vivía por el rumbo del famoso barrio de San Miguelito, fue una de las primeras en llegar, en las primeras horas de la madrugada, con sus dos hijos, tres sobrinos y un grupo como de 15 o 20 niños del barrio que sabían del festín y que se sentían muy acompañados por Doña Carmen.

Pepito, del barrio del Montecillo, estaba en la fila, ansioso por llegar a los juguetes. Él iba solito y hasta se tuvo que salir a escondidas de su casa, pues su padrastro se hubiera enfurecido de no verlo en la mañana, para obligarlo a trabajar como mandadero en el mercado.

Lupita, de once años, pero, por desgracia, con edad mental de tres o cuatro años a causa de una enfermedad cerebral, sólo hacía lo que las demás niñas, las imitaba y esperaba también su regalo.

Cuando el párroco salió, un grito de júbilo, muy espontáneo, se escuchó en todo el espacio abierto frente a la iglesia.

Los ayudantes de la parroquia comenzaron a apilar gran cantidad de juguetes en la puerta de la iglesia, ante las miradas nerviosas de los niños.

El párroco, sabedor del frío que les calaba hasta los huesos, no se entretuvo y comenzó a repartir los juguetes, ayudado por dos jóvenes seminaristas.

La algarabía era inmensa, la Navidad se hacía presente en la forma más hermosa que se pueda uno imaginar, ni más ni menos que con la felicidad de los muchachitos que salían de la fila con sus juguetes.

—¡Mira, un camión de bomberos! —gritaba uno de los niños, mientras otro sufría lo indecible para quitarle el celofán y abrir la caja donde venía su regalo.

Pepito sorprendió un poco al cura al rechazar una pelota grande y sólo pedirle un carrito. Cuando el párroco le preguntó por qué no quería el balón, él simplemente dijo que era más fácil esconder el carrito, para no hacer enojar al padrastro.

Había regalos de muy buena calidad, algunos de ellos caros, pero el párroco no hacía ninguna distinción, sólo tomaba alguno y lo ponía en manos del que seguía en la fila.

La cantidad de juguetes era tal, que el párroco hizo una segunda entrega a los más pequeñines, quienes nunca soñaron con tener más de un juguete.

El reparto terminó y la felicidad era enorme, además de la satisfacción del párroco. Con enorme sonrisa le dio su bendición a Marina, quien nunca se movió de su sitio y sólo disfrutaba de la verdadera felicidad que tenía frente a ella.

Poco a poco, el sitio quedó vacío; el párroco, los seminaristas que le ayudaron y la señora Marina veían retirarse al último de los pequeños, mientras pensaban, quizá, en que Dios les había dado la gracia de cumplir otro año de llevar un poquito de felicidad a los chiquitines.

La bondadosa dama se despidió de todos y luego se fue hacia los portales que hay en uno de los costados de la plaza.

Caminó un poco y luego aprovechó el sol, que apenas comenzaba a calentar un poco, para pasear por la plancha de la plaza, sin propósito aparente.

Sin embargo, sí tenía un propósito especifico que la mantenía ahí a la expectativa.

Fue entonces cuando, a lo lejos, vio venir a una niñita como de unos cinco o seis años, que avanzaba hacia ella con el rostro encendido por el gusto de verla una vez más.

Se trataba de María Rodríguez, quien nunca llegaba a la repartición en donde participaban todos, pero siempre se hacía presente una hora más tarde.

Mariquita, como le decía la señora Marina, se acercó a ella y la miró sin decir nada.

De su bolso, doña Marina sacó una muñeca y, de la bolsa de su abrigo, un puñado de trajecitos para vestirla.

Mariquita tomó la muñeca y luego los vestiditos, así como los pequeños accesorios en miniatura, como zapatitos, lentes, bolsa, etcétera, que completaban el mini ajuar.

Una sonrisa iluminó su rostro y, con un gesto que significaba todo, agradeció el regalo con una pequeña y graciosa caravana antes de dar media vuelta y regresar a la carrera al sitio de donde había llegado.

La señora Marina se persignó y oró un poco en silencio, mientras observaba cómo se alejaba la niña hasta que se perdió de vista.

Marina sonrió y echó a caminar hacia su casa.

¡Ella sabía bien que Mariquita había fallecido tres años atrás en un lamentable accidente dentro de su humilde vivienda, pero siempre acudía al reparto de juguetes de Navidad!

Cita con la muerte

El temporal era como pocas veces se había visto en la ciudad de Puebla, capital del estado del mismo nombre. A veces, las nubes eran tan bajas que daban la impresión de que podía uno tocarlas. El frío también era intenso y sólo algunos valientes se atrevían a caminar por las calles, que se volvían solitarias en cuanto se hacía de noche.

En una de las elegantes mansiones que aún perduran, sobre todo en la parte antigua de la ciudad, don José de la Colina y Haro, con las manos cruzadas detrás de su corpulenta humanidad, miraba con cierta nostalgia cómo la lluvia barría literalmente la calle.

Don Pepe, como le llamaban, habitaba una estupenda casa construida en tres plantas y, además, con un mirador en una de las esquinas. Aunque junto a él estaba un trípode con un telescopio con el que le encantaba escudriñar los volcanes alrededor de su patria chica, esta vez, sólo veía con gesto de tristeza el lastimero paisaje, que, dicho sea de paso, era sólo de un par de manzanas a su alrededor, pues la lluvia continuaba intensa.

María, su ama de llaves y quien ya tenía casi 40 años a su servicio, entró de pronto al mirador al que, por cierto, pocas veces subía.

—¿Qué sucede, María? —dijo el patrón, quien miró apenas con el rabillo del ojo la figura bonachona y voluminosa de su empleada.

—Se trata de Tomás, señor —contestó la mujer.

—¿Qué hay con él, María? —dijo.

—Tiene temperatura muy alta; ayer insistió en salir al patio a lavar los coches, como siempre lo hace, y la verdad es que creo que se extralimitó —contestó María.

—Eso es una reverenda tontería —tronó don Pepe—. Con esta lluvia es inútil lavar los coches, aunque estén en el cobertizo. A propósito, ¿qué pasó con el sobrino que iba a venir de Veracruz para sustituirlo por un tiempo? Tomás dijo que estaba cansado y que necesitaba tomarse unas vacaciones.

—No lo sé, señor —dijo María—. Parece que Tomás habló con su sobrino, que se llama Joel, y quedó de presentarse aquí ayer por la noche. Yo creo que el mal tiempo lo ha retrasado un poco.

El patrón pensó un poco y luego dijo:

—Bien. Prepárale una habitación; con este clima no tengo la menor intención de salir a ningún lado, por lo menos durante los dos próximos días, de modo que, si el tal Joel atina a llegar y Tomás mejora un poco, todo se podrá hacer sin contratiempos. Ah, no olvides verificar que funcione la calefacción en ese cuarto. Como él viene de clima cálido, puede acabar con una pulmonía si se enfrenta a esto.

En ese momento, un taxi se detuvo frente a la puerta de la mansión y de él descendió un corpulento mocetón con el tipo clásico de la gente de la costa. En efecto, sólo traía puesto, además de su pantalón y camisa, un suéter ligero.

Desde su punto de observación, don Pepe y María vieron cuando el joven, antes de llamar a la puerta, echó un vistazo a su alrededor y admiró la belleza de la calle y de la casa que, junto con otras, se alineaban majestuosas a ambos lados.

Poco después, Joel Espino tenía frente a él una humeante taza de chocolate y una bien surtida canastita con pan dulce.

—¡Qué bueno que llegaste, Joel —dijo María mientras lo atendía en la cocina, en tanto el chico no dejaba de analizar con detenimiento todo lo que había en aquella blanquísima parte de la casa, que le parecía enorme y elegantísima.

—No me imaginaba que Puebla fuera tan hermosa —dijo Joel, con claro acento costeño.

De pronto, se abrió la puerta y apareció don Pepe, algo que no era muy frecuente. María estaba de pie y Joel se apresuró a retirar la silla. Con una concha a medio consumir en la mano, se puso de pie para saludar a su patrón.

—Por favor, siéntate —dijo don Pepe—. Tomás me ha hablado mucho de ti, dice que eres un buen muchacho y que acabas de terminar tu carrera de mecánico automotriz.

—Sí, señor —dijo Joel, sin mostrar ningún nerviosismo al conocer al poderoso hombre de quien ya tenía referencias y que, según sabía, era uno de los más acaudalados de la ciudad.

—Espero que el tiempo mejore para mañana o pasado —dijo don Pepe—. Yo he decidido no salir de la casa los próximos días. Te sugiero que aproveches el fin de semana para conocer la ciudad, ve a Loreto y Guadalupe, al Santuario, al centro Y, sobre todo, familiarízate un poco con el tránsito. Disfruta de la magnífica comida que encontrarás a cada paso por toda la ciudad y el lunes hablaremos de tu trabajo.

Don Pepe sacó de su bolsa un paquete con diez billetes de 100 pesos cada uno y se los entregó a Joel.

—Esto no es parte de tu sueldo —dijo—, es sólo un pequeño obsequio de bienvenida y para que tengas manera de moverte estos días.

Aún con el dinero en la mano, Joel vio cómo su nuevo patrón iba a salir de la cocina cuando se dio cuenta de que había una charola con algunas galletas de las que preparaba María y, con una sonrisa algo pícara, se regresó por un par de ellas.

Joel mostraba su perfecta dentadura al sonreír con entusiasmo, sobre todo por la idea de pasear, sin ningún compromiso, por las calles tan bonitas de la ciudad. Contaba con que el mal tiempo no podía durar cien años.

Casi corrió a platicarle a Tomás los detalles de su encuentro con el patrón y luego se retiró a su cuarto, que le pareció majestuoso, para descansar del viaje, rezar porque mejorara el clima y disponerse, desde el día siguiente, a conocer la ciudad a sus anchas.

Tomás se recostó en la almohada, satisfecho por haber logrado un empleo tan bueno para el único hijo de su hermana.

La lluvia cesó al filo de la medianoche y una sonrisa de gusto iluminó el rostro de Joel al ver entrar por la ventana la maravillosa luz de la Luna.

Al día siguiente, el día era espléndido y Joel salió de la casa temprano, enfundado en una gruesa chaqueta proporcionada por su tío. Iba feliz y contento.

Tomás y María vieron cómo el chico salía de la casa y se despedía de ellos con un exagerado agitar de mano, producto de su felicidad.

Sin embargo, sólo una hora después, Joel regresó a la casa con el semblante demudado, pálido y tembloroso, con una expresión que era mezcla de asombro y de temor.

María se acercó a él, alarmada.

—¿Qué tienes, muchacho? ¿Por qué regresaste tan pronto? —le dijo.

—¡La Muerte! ¡Es la Muerte! ¡Acabo de verla, ella también me miró y anotó algo en su libro! ¡No tengo la menor duda, viene por mí! ¿Comprendes, María? ¡La Muerte viene por mí!

María pudo percibir que en los ojos de Joel se dibujaba el verdadero terror.

La mujer trató de tranquilizarlo y le pidió que le contara con detalle lo que había visto y por qué lo había alterado tanto. Rápido le sirvió otra taza del chocolate que tanto le había gustado y le pidió que se calmara.

El aterrorizado Joel sólo atinaba a repetir una y otra vez que la Muerte había venido por él.

María se atrevió a preguntarle cómo era esa persona a la que se refería, qué le había dicho y por qué creía él que era la Muerte.

—Todos en San Andrés lo sabemos —tartamudeó—. La conocemos y tememos el momento de encontrarnos con ella.

María lo veía, sorprendida, y lo compadecía con sinceridad.

—¿Cómo es?—preguntó María.

Joel pareció mirar al vacío y luego dijo, con voz pausada:

—Es muy hermosa... es una mujer blanca... blanquísima, lleva un vestido también blanco, muy vaporoso. Camina entre la gente y sólo la puede ver aquel cuyo destino está sellado. Ah, lleva un libro en el que hace algunas anotaciones, seguro tu nombre y tu dirección, por eso... por eso me quiero regresar a San Andrés ahora mismo, en este mismísimo momento.

Alarmada, María corrió al cuarto de Tomás para decirle que su sobrino hacía su maleta en forma atropellada y que pensaba regresar en ese instante. También le habló sobre la causa de su repentina decisión.

Tomás la escuchaba y conservaba calma, en notable contraste con el nerviosismo de María. Luego, dijo algo que la desconcertó muchísimo:

—Tal vez viene por mí y no por él.

María casi dio un salto hacia atrás.

—¡Caramba! ¿Tú también crees en esas cosas? Son supersticiones de ustedes —dijo, con rabia verdadera.

María dio media vuelta y decidió ir entonces a hablar con don Pepe, a quien le refirió todo.

—¿Y dices que ambos creen en eso? —le dijo a María cuando la tuvo enfrente y le hablaba del suceso.

—Sí, patrón —dijo—. Joel ya guardó sus cosas y dice que por nada del mundo se va a quedar. ¡Está aterrorizado! Sólo me dijo que le diera las gracias a usted, que no quería despedirse por pena y que lo perdone.

Don Pepe se dirigió a la ventana de su habitación, desde donde podía ver la reja que circundaba la mansión y la puerta de la entrada, mientras pensaba en lo que la gente es capaz de hacer al enfrentarse con alguna superstición.

De pronto, casi se queda sin habla al ver, al otro lado de la calle, a una mujer de pelo largo y suelto; blanca, muy hermosa y con un vaporoso vestido blanco al que movía el aire con sensualidad. Tenía un libro en las manos.

—¡Demonios! —dijo, furioso—. ¡Quien quiera que sea el autor de esta broma, lo va a lamentar!

Don Pepe salió de la casa y se enfrentó con la mujer de blanco. De inmediato se dio cuenta de que se trataba de una beldad, de una hermosísima mujer de mirada extraña, y que estaba ahí, frente a él.

Sin pensarlo, le reclamó:

—¿Por qué anda usted asustando a mi gente? ¿Quién es usted? ¿Por qué viste así, con esa ropa tan ligera en un día como éste? ¡El pobre Joel dice que usted es...!

—¡La Muerte! —dijo la mujer, con voz que a don Pepe le pareció demasiado sensual y de tono muy bajo, pero que llevaba algo indescriptible en su forma de expresión.

—¡Exacto! ¡Eso dice él, pero usted me lo va a aclarar en este momento! Eh, mire —dijo don Pepe—, ahí va Joel, quien huye aterrorizado sólo por el hecho de haberla visto a usted. ¡Ahora mismo me dice quién o quiénes le hacen esta broma tan de mal gusto!

—No es broma —dijo la dama de blanco, mientras hojeaba su libro—. En efecto, soy la Muerte, y seguro que ese muchacho tiene una cita conmigo.

—Ni siquiera sabe quién es —dijo el hombre—. ¿Para qué le sirve esa libreta?

La mujer lo miró con ojos centelleantes y luego dijo:

—Aquí apunto las citas que tienen conmigo los hombres y mujeres de la Tierra que muy pronto estarán muertos. ¿Cómo dijo que se llama el joven?

—Joel Espino —dijo don Pepe, quien parecía dominado por la mirada de la dama.

—Sí... aquí está, Joel Espino tiene una cita conmigo... pero no aquí. Será el próximo miércoles, pero en San Andrés.

Don Pepe abrió los ojos desmesuradamente y casi de desmaya. Llevó sus manos a la cabeza y luego se volvió hacia la mujer, sólo para encontrar que ¡no había nadie cerca de él!

Asustado, volteó a ambos lados de la calle mientras pensaba que de ninguna manera habría podido llegar a cualquiera de las esquinas.

Decidió regresar a su casa con el cerebro hecho un verdadero caos. Entró a su casa y, sin fuerzas, se dejó caer en uno de los mullidos sillones de piel de la biblioteca, en la planta baja.

—¡No es posible! —se repetía una y otra vez—. ¡Esto es una pesadilla!

Ocho días más tarde, cuando todo parecía volver a la normalidad en la casona de don José de la Colina y Haro, se recibió, entre la correspondencia habitual, una carta con el sello de Veracruz.

Ni siquiera tuvo necesidad de abrir la carta para conocer su contenido. Con la esquela en sus manos, recordó a Joel Espino y a la hermosa mujer de blanco.

Triste y pensativo, miró a través de la ventana.

—¡Yo... yo también vi a la mujer!

Te amo, papito

Juan Ortega trabajaba como empleado de mostrador de una conocida tienda ubicada en la calle Hidalgo, en el centro de la bella ciudad de Aguascalientes. Tenía 50 años de edad y en su rostro se notaba ya el paso del tiempo, pero no de manera normal, sino que se adivinaba en él que arrastraba consigo una gran pena, pues su gesto era de permanente amargura.

Por supuesto que Juan tenía razones más que suficientes para sentirse abatido y desilusionado de la vida. Hacía ya casi un año, cuando visitaba a unos parientes en la ciudad de Iguala, en el estado de Guerrero, en medio de una tormenta, se refugió con su hija Lupe, de diez años, y su esposa María, de 45, bajo un frondoso árbol mientras encontraban la forma de correr hacia los portales del jardín principal. En un momento dado, él corrió hacia allá pero su esposa e hija regresaron bajo el árbol donde se habían resguardado al sentir la fuerza del agua sobre sus cuerpos.

Sin embargo, en ese momento, un rayo alcanzó el árbol y seis personas perecieron calcinadas; entre ellas, su esposa y su hija.

Fue una tragedia inesperada. Juan quedó como paralizado al ver cómo la gente corría y algunos gritaban con expresiones de terror.

Lo que siguió fue muy penoso. Sus familiares le ayudaron a hacer los trámites para regresarse a su natal Aguascalientes con los cadáveres de quienes unos días antes habían salido, felices, en su primer viaje a otra ciudad.

Juan Ortega sepultó a sus dos seres más queridos y luego se retiró a su humilde pero muy limpia vivienda. Ahí, cuando se encontraba solo por las noches, daba rienda suelta a su pena y lloraba por su esposa y su hija.

Juan tenía muchos planes para la pequeña, quien había resultado muy estudiosa. El dueño del almacén donde trabajaba le había prometido pagarle sus estudios y el futuro era promisorio para una muchacha sana, que adoraba a sus padres, que estudiaba con afán y a quien nunca habían tenido necesidad de regañar por ninguna cosa.

Juan sentía pena porque se confesaba a sí mismo que quizá, para él, el golpe de perder a su hija era mayor que el que le causaba la ausencia de su propia esposa.

Cinco años después de su tragedia, las cosas para él seguían igual, trabajaba en la misma tienda y ganaba casi lo mismo, sólo que ahora cada vez se hacía más retraído, al grado de que el dueño de la tienda ya había pensado en cambiarlo de empleo o despedirlo en definitiva, pues le exigía que el trato con los clientes fuera siempre amable y no de la forma tan seria como se comportaba ahora. Incluso le recordaba a cada paso que él era un hombre jovial, amable y a todo el mundo le gustaba ser atendido por él.

Así las cosas, Juan se presentó un día a trabajar sin percatarse de que era 16 de septiembre, día en que se conmemora la Independencia de México, y que la tienda permanecería cerrada. Cuando se dio cuenta, ya estaba en el centro y vio cómo la gente se dirigía a las principales calles para ver pasar el desfile conmemorativo de tan importante festividad.

Juan Ortega se quedó ahí, en la plaza principal, y encontró un sitio desde donde podía ver pasar el desfile.

De pronto, una chiquilla se acercó a él, le sonrió levemente y echó a correr por entre la gente, seguida por la mirada de

Juan, a quien le llamó la atención la actitud de aquella desconocida.

Juan la vio con toda claridad hasta que, en un momento dado, la muchacha desapareció detrás de una banca. Había esperado a que saliera por el otro lado, pero eso no sucedió. La chica pareció desvanecerse en el aire.

Pocos minutos después, volvió a verla, ahora junto a él y esta vez le dijo que no estuviera triste y que todos los días, a esa hora, dijera una oración en memoria de su amiga.

Enseguida echó a correr de nuevo y la escena que vio lo transportó de inmediato a un estado de incredulidad, pues se repitió exacta la forma en que la niña corría y desaparecía detrás de una banca llena de gente.

Las palabras de la niña eran escasas, casi sin sentido, pero él trataba de encontrarles relación con algo.

Fue entonces que por tercera vez vio repetirse la escena frente a él, justo de la misma manera, al grado de que él ya sabía cómo se iban a mover las personas que estaban en la banca y cómo iba a desaparecer tras ella la misteriosa niña.

De pronto, casi da un salto al sentir la presencia de la muchacha junto a él, pero ella le sonrió y le dijo:

—Señor, Lupita está bien. También la señora, pero quieren que usted lo sepa y que vuelva a ser feliz. Adiós... ¡Ah!, me llamo Mireya Torres.

Juan quedó como petrificado en el intento de volver a ver a la niña, pero todo fue inútil. Por más que la buscó, no logró ni siquiera volver a verla de lejos.

Regresó a su sitio de observación pero... ¡nada! Ya no hubo ninguna niña corriendo y pasando detrás de la banca...

Entonces se dirigió al sitio exacto en donde estaba aquella banca y se colocó en la parte de atrás, en donde estuvo casi media hora mientras la gente aplaudía el desfile que en esos momentos se llevaba a cabo. Él simplemente miraba por detrás a toda la multitud a la espera de que algo sucediera, pero nada sucedió.

Un policía se acercó a él y le preguntó, con gesto de sospecha, por qué no miraba el desfile, como toda la gente y, en cambio, algo analizaba tras ellos.

Juan estaba atónito aún, pero entendió las cosas.

—No, no hago nada... Es sólo que... vi a una niña que me pareció conocida... se llama... Mireya...

El joven guardia lo miró con gesto de incredulidad y le dijo entonces:

—¿Mireya? Vaya... pues así se llamaba la chica que murió anoche durante la ceremonia del Grito... Precisamente aquí, en donde estamos usted y yo... ¡Una bala perdida!

Juan tardó en darse cuenta de lo que sucedía. Su hija murió a los diez años, igual que la chica muerta por una bala perdida... Quizá... sí... tal vez ahora, Mireya y Lupita sean amigas en otra vida y su hija le mandó decir que volviera a ser feliz...

Juan le dio las gracias al policía y se alejó mientras recordaba lo sucedido, pero ahora con la certeza de que sus seres queridos estaban bien y además, lo cuidaban.

Poco a poco, Juan volvió a ser el de antes, fue ascendido de puesto y trajo a vivir con él a su madre, de 72 años.

El recuerdo de Lupita y de María sería siempre acompañado, desde ahora, por el de Mireya, por quienes decía una oración, todos los días, a la misma hora.

La dama del tren

Carlos Rivera llegó a su casa en una lluviosa noche del mes de agosto, muy cansado después de una jornada particularmente difícil en la oficina. El gerente de ventas le reclamó a todo el grupo de vendedores, locales y viajeros, que las ventas estaban en su nivel más bajo de los últimos dos años.

Por supuesto, para Ramiro, el gerente, no cabían ni los pretextos ni las explicaciones de los que, a su juicio, eran culpables de todo. No existían razonamientos ni nada que pudieran argumentar todos los vendedores, pues para él era simple: había que vender y vender y vender.

La situación económica en el país no era fácil en pleno año electoral, con los presupuestos casi agotados de todas las empresas compradoras y que adquirían sólo lo estrictamente necesario para mantener sus inventarios al día. ¡Nadie quería tener una pieza de más en sus bodegas! ¡No había suficiente confianza en el futuro ni había dinero circulante! En fin, la empresa estaba prácticamente al borde de la quiebra. De ahí la arenga desesperada del gerente de ventas, quien pedía, rogaba, exigía a cada uno de los ejecutivos del departamento que trataran de lograr algo.

Carlos habló con su esposa quien, por fortuna para él, comprendía muy bien la situación. Cenaron con tranquilidad y enseguida se fueron a la recámara. Había una maleta sobre la cama, con la ropa y los artículos de aseo que Carlos acostumbraba a llevar en cada viaje.

El joven viajero sonrió al ver la maleta y, después de besar con amor a su mujer en la frente, iba a decir algo pero fue interrumpido por ella, quien le puso un dedo en la boca en señal de silencio y lo ayudó a despojarse de sus ropas.

¡Un buen baño y una deliciosa taza de chocolate caliente, con algunas galletas que había preparado por la tarde, hicieron maravillas!

Carlos le explicó a su mujer que debía viajar directo a Saltillo, pero prefería viajar en autobús en esa época del año en que las lluvias son constantes en el norte de la República, pues confesaba que el avión le daba un poco de temor, en especial el aterrizaje.

Sin saber con exactitud por qué lo hacía, compró un boleto con escala en San Luis Potosí, ciudad que le fascinaba, para pasar la noche ahí, cenar alguno de los muchos antojitos que se preparan en todas partes, y luego continuar, al día siguiente, por autobús, hacia Saltillo.

Así lo hizo, a bordo de una lujosa unidad con su asiento individual, televisión y delicioso clima artificial para la primera parte de su viaje.

Al filo del mediodía llegó a la capital potosina y de inmediato abordó un taxi, después de comprar su boleto en una ventanilla en la misma central de autobuses; luego, le pidió al chofer que lo llevara a un hotel en el centro mismo de la ciudad y en donde él había pasado ya algunas noches en otros viajes.

El taxi tomó la ruta normal, por la carretera México-Querétaro y, luego de subir por el bello distribuidor vial, descendieron por la calle que conduce directo al centro. El taxi pasó sobre las vías del tren, luego frente a la estación vieja, como le llaman, y enseguida dio la vuelta a la izquierda, alrededor de la alameda.

De pronto, se detuvo. El motor falló pero el chofer tuvo tiempo de hacer una maniobra con la sola inercia de la velocidad que llevaba, para apartarse un poco del centro de la calle, en donde se detuvo por fin.

Al parecer era una falla ligera, pero cuando Carlos vio que el chofer abría la cubierta del motor, se bajó del vehículo ya que hacía bastante calor.

Estaba frente a la nueva estación del ferrocarril y justo frente a una antigua máquina que se colocó ahí a manera de monumento.

Entonces, Carlos sintió un vívido deseo de cruzar la calle y entrar a la estación. Así lo hizo pero, en cuanto entró, se llevó una sorpresa enorme.

La estación estaba repleta de gente, personas con maletas y dispuestas a viajar. El sonido local anunciaba la llegada del tren procedente de Aguascalientes.

El joven viajero entró despacio y miró alternativamente a uno y otro lado del enorme espacio en donde estaban colocadas bancas y ventanillas. Lo curioso era que en ellas había personas que vendían boletos, largas filas de viajeros y el gran movimiento cotidiano en las estaciones de ferrocarril.

Le llamaron la atención dos ventanillas, una que decía "pullman" y otra que decía "boletos de anden".

Para entonces estaba ya identificado plenamente con la época. Su mente lo trasladó de inmediato a la década de los cuarenta. La gente vestía con la moda de aquellos años y, de pronto, todo recuerdo anterior se borró y simplemente se dejó llevar por el momento que experimentaba.

Caminó hasta colocarse frente al gran tablero que, con foquitos, marcaba la ubicación, en ese momento, de algunos convoyes. Por ejemplo, el número uno, llamado "Águila Azteca" se encontraba en ese instante en Empalme Escobedo, según el tablero.

De pronto, Carlos descubrió a dos hombres con el clásico uniforme de conductor, su gorra con el letrero que así lo indicaba y un reloj de bolsillo sujeto por una delicada cadenilla de oro. Uno de ellos lo sacó para consultar la hora y fue entonces que Carlos sintió una gran emoción, pues toda su vida había deseado ser empleado de los ferrocarriles, ser conductor y tener un reloj como el que estaba frente a sus ojos, en las manos de aquel personaje casi mítico.

Carlos no pudo evitar el deseo de comprar un boleto de andén para penetrar en el principio de lo que eran arterias vitales para el funcionamiento del país: las vías del ferrocarril.

El precio era de 20 centavos y a Carlos ni siquiera le sorprendió que en su bolsillo llevara un monedero de piel en forma de tacón, hecho especialmente para monedas. Extrajo una de 20 centavos y compró su boleto de andén.

Fascinado, echó a andar despacio entre la gente que, en su gran mayoría, se veía contenta, deseosa de iniciar un viaje por ferrocarril.

Había una tienda en la que se vendían algunos periódicos y revistas, así como dulces y el infaltable queso de tuna.

En ese momento se anunció la llegada del tren procedente de Nuevo Laredo y que llevaba ya algunas horas de retraso, pues debía haber llegado a los andenes al filo de las nueve de la mañana.

Carlos entró al andén y caminó por él cuando vio venir la parte trasera del convoy, con su carro mirador elegantísimo, que hacía su entrada a la estación de San Luis Potosí.

Del segundo vagón de *pullman* descendió una dama que lo dejó impactado por su belleza y su garbo. Mujer de unos veintitantos años, elegantísima, pero sola.

La chica caminó hacia el exterior de los andenes cuando ya se avisaba a voz en cuello que el convoy tardaría dos horas de estancia en esa estación, debido a algunos problemas mecánicos, por lo que se recomendaba a los pasajeros que acudieran al restaurante situado a un costado del edificio principal.

La dama caminaba, altiva, y Carlos dio media vuelta para seguir sus pasos.

Ambos entraron al restaurante, que estaba atestado, aunque uno de los meseros le consiguió una mesa para dos personas. Al notar que Carlos venía detrás de la dama, pensó que venía con ella y simplemente lo acomodó en la misma mesa.

Era frecuente, cuando todo el restaurante estaba lleno, que viajeros ocuparan la misma mesa con algunas personas que ya estuvieran ahí, de modo que a la dama no le importó que Carlos tomara asiento frente a ella.

Él estaba fascinado, admirado por la belleza de la mujer pero... no se sentía atraído por ella; más bien, tenía un sentimiento de enorme afabilidad y de mucho respeto por aquella dama que le parecía como salida del propio cielo.

Sus ojos claros y sus facciones muy bien definidas la hacían un poco diferente. Carlos se sintió en el paraíso al compartir con ella la misma mesa.

Sin pensarlo, le dio su nombre y le deseó buen provecho. Ella respondió de la misma manera, con mucha cortesía.

El mesero trajo una deliciosa sopa a cada uno. Ella ordenó enchiladas, y él, pollo frito, que era casi una especialidad del restaurante.

No hablaban entre sí, pero Carlos sentía algo tan inexplicable como delicioso por la inesperada compañía de aquella dama tan hermosa.

De pronto, ella habló. Le dijo que viajaba sola rumbo a la capital para asistir a la boda de una amiga de la escuela. Le hizo algunas preguntas acerca de la capital, en especial de la zona del

Paseo de la Reforma y una de las calles que desembocan en esta gran avenida, que es en donde ella pensaba hospedarse, en la casa de unos tíos.

A lo largo de una hora, después de saborear los alimentos que les sirvieron, platicaron con ánimo y cada vez con mayor confianza.

Desde luego, sin faltarle al respeto, Carlos le dijo que era una mujer muy hermosa y que se alegraba muchísimo de haberla conocido, aunque fuera en esas inesperadas circunstancias.

Ella sonrió y sólo puso su mano sobre la de él.

Continuaron con la plática, pero ahora mientras caminaban por toda la estación, en espera de la hora de partir.

Al fin, se despidieron. Ella le extendió su blanca y delicada mano y simplemente dio media vuelta y caminó con paso rápido hacia el interior de los andenes.

Carlos hizo lo mismo y luego recorrió a todo lo largo el convoy, con la esperanza de verla por alguna ventanilla.

Ya pensaba que quizá su localidad estaba en el otro lado del vagón, cuando la vio. La dama abrió la persiana y sonrió al descubrirlo justo frente a ella. Ambos hicieron un ademán con la mano en el momento mismo en que el convoy comenzaba a avanzar para salir de la estación.

Carlos regresó entre triste y contento, sólo por haber tenido la oportunidad de estar presente en aquel momento.

De nuevo se encontró con el bullicio de la gente, los cargadores que llevaban las maletas de los viajantes en diablitos y llamaban la atención de todos con su clásico grito de "¡ahí va el golpe!".

Incluso se sentó un momento en una banca de madera y disfrutó del movimiento.

Cuando salió de la estación sintió un ligero mareo, sólo para descubrir frente a él al chofer quien, aún metido debajo de la tapa del motor, intentaba conectar unos cables. Éste le hizo la seña con los dedos de que sólo era cuestión de un momento. Por fin, cerró la tapa y arrancó el motor otra vez.

Carlos abordó el vehículo y consultó la hora: era la misma que cuando entró a la estación. Había pasado una de las muchas rendijas del tiempo para entrar, por dos horas, al mundo de la década de los cuarenta pero, al regresar al taxi, volvió a la realidad, al año 2005.

La experiencia le resultó tan difícil de explicar que ni siquiera le hizo comentario alguno al taxista. Prefirió callar y llevarse esos momentos vividos sólo para él pues, además, no había manera de explicar lo sucedido.

Carlos continuó con su viaje, disfrutó toda la tarde en la bella capital potosina y se dio tiempo para una caminata a lo largo de la avenida Venustiano Carranza, desde el centro hasta el jardín de Tequisquiapan. Ahí entró a la cripta junto a la iglesia y se arrodilló frente a la imagen de San Judas de Charpel, de quien era devoto. Después, se sentó en la banqueta del lado norte del jardín a comerse unos deliciosos tacos potosinos, un molote y algunas enchiladas.

Luego regresó por el jardín de los fundadores, donde se encuentra la iglesia de la Compañía y, al lado, el edificio de la Universidad Autónoma de San Luis Potosí. Un poco antes, frente a los portales del edificio Ipiña, compró algunos chocolates.

Se dirigió entonces a la Plaza de Armas y encontró asiento en una banca, desde donde escuchó la música de la banda municipal al tiempo que veía pasear a la gente. Por cierto, le pareció que la gente era diferente: otra moda, otras actitudes, otro todo. Ahí, sentado en una banca, añoró algo del pasado hasta que las campanas de la catedral lo hicieron reaccionar.

Entonces regresó al hotel y se preparó para continuar su viaje en las primeras horas de la madrugada, rumbo a Saltillo, Coahuila.

Cuando Carlos Rivera regresó a la capital, y de nuevo con su esposa, ésta le platicó que, durante su ausencia, había estado de visita con ella una hermana que vivía en Guadalajara, Jalisco, quien, por cierto, le había dejado un álbum de fotos.

Ella le dijo que era extraño que no tuviera ninguna fotografía de su madre, fallecida cuando ella era aún una niña, y que deseaba que Carlos le sacara algunas copias de aquellas fotos.

Carlos abrió el álbum y casi se desmaya al ver, en la primera página, una clarísima imagen justo de la dama que había conocido en la estación...

Era muy difícil de explicar, pero logró hacerlo de forma coherente. Su esposa lo escuchó con atención y sin interrumpirlo, aunque al final del relato lo acosó con preguntas acerca de la forma como se "metió" en el tiempo, etcétera, y muy sorprendida de que las fotos que ahora veían eran justo de su mamá y, desde luego, de la dama que él había visto en su incursión al pasado.

Hizo cuentas y calculó que él había "entrado" aproximadamente al año 1945 y luego vieron la foto en donde su madre estaba con su padre, cinco años más tarde; es decir, en los primeros años de 1950.

Su esposa nació en el año 1951 y, sólo dos años más tarde, su madre falleció.

Entonces, cuando Carlos recordó la extrema afabilidad de la dama de su encuentro y esa sensación que le impedía pensar de otra manera que no fuera con respeto hacia ella, encontró una razón lógica para ello.

Carlos y su esposa se tomaron de las manos y, con todo el amor que se profesaban, dieron gracias a Dios por los acontecimientos, que ambos decidieron guardar en secreto.

Usted, amable lector, ¿recuerda los románticos viajes por ferrocarril? Estamos seguros de que sí.